TRANZLATY

La Langue est pour tout le Monde

Dil herkes içindir

La Métamorphose

Dönüşüm

Franz Kafka

Français
Türkçe

www.tranzlaty.com

Première partie
Birinci Bölüm

Gregor Samsa se réveilla un matin après des rêves agités.

Gregor Samsa bir sabah huzursuz rüyalardan uyandı.

Il se retrouva dans son lit, incapable de bouger.

Kendini yatağında buldu ama hareket edemiyordu.

Il avait été transformé en un monstre vermineux.

O, korkunç bir böceğe dönüşmüştü.

Il était allongé sur le dos, une carapace dure comme une armure.

Sırtüstü yatıyordu, sırtı zırh gibi sertti.

En relevant légèrement la tête, il pouvait voir son ventre.

Başını biraz kaldırarak karnını görebildi.

Mais son ventre était bombé et divisé en segments.

Fakat karnı kubbe şeklindeydi ve bölümlere ayrılmıştı.

La couverture reposait sur son ventre arrondi.

Battaniye, yuvarlak karnının üzerinde duruyordu.

Mais la couverture était sur le point de glisser complètement.

Ancak battaniye neredeyse tamamen aşağı kayıyordu.

Ses jambes étaient pitoyables comparées à leur taille habituelle.

Bacakları, normal boyutlarına kıyasla çok zayıftı.

Et ses nombreuses pattes s'agitaient impuissantes devant ses yeux.

Ve bacakları gözlerinin önünde çaresizce titriyordu.

« Que m'est-il arrivé ? » se demanda-t-il.

"Bana ne oldu böyle?" diye düşündü kendi kendine.

Mais ce n'était pas un rêve dont il ne pouvait se réveiller.

Ama bu, uyanamayacağı bir rüya değildi.

Il se trouvait bel et bien dans sa propre chambre.

Gerçekten de kendi odasında buldu kendini.

Une vraie chambre pour des humains, mais un peu trop petite.

İnsanlar için gerçek bir oda, ama biraz küçük.

Il gisait tranquillement entre les quatre murs bien connus.

Dört tanıdık duvar arasında sessizce uzandı.
Sur la table se trouvait une collection d'échantillons de textiles.
Masada çeşitli kumaş örnekleri vardı.
Samsa était un vendeur ambulant, d'où les échantillons.
Samsa seyyar bir satış temsilcisiydi, bu yüzden numuneler de vardı.
Au-dessus des échantillons de textile désassemblés se trouvait une image.
Sökülmüş tekstil örneklerinin üzerinde bir resim vardı.
Il avait récemment découpé la photo dans un magazine.
Resmi yakın zamanda bir dergiden kesmişti.
Il avait placé le tableau dans un joli cadre doré.
Resmi güzel, yaldızlı bir çerçeveye yerleştirmişti.
Le tableau encadré représentait une dame assise bien droite.
Çerçevelenmiş resimde dik oturmuş bir kadın tasvir edilmişti.
Elle portait un chapeau de fourrure et un manchon de fourrure.
Kürk şapka takıyordu ve kürk eldiveni de vardı.
Elle levait la main en direction du spectateur.
Elini resme bakan kişiye doğru kaldırıyordu.
Son avant-bras entier disparaissait dans son épais manchon de fourrure.
Kolunun tamamı kalın kürk mantosunun içinde kaybolmuştu.
Gregor regarda par la fenêtre le temps maussade.
Gregor pencereden dışarı, kasvetli havaya baktı.
On pouvait entendre les grosses gouttes de pluie frapper la fenêtre.
Pencereye çarpan şiddetli yağmur damlalarının sesi duyulabiliyordu.
Le temps gris le rendait très mélancolique.
Gri hava onu çok melankolik hissettirdi.
« Et si je dormais un peu plus longtemps ? » pensa-t-il.
"Biraz daha uyusam nasıl olur?" diye düşündü.
« Dormir davantage m'aiderait peut-être à oublier ces bêtises. »

"Daha fazla uyumak bu saçmalığı unutmama yardımcı olabilir."
Mais dormir plus longtemps était totalement impossible.
Ama daha fazla uyumak tamamen imkansızdı.
Parce qu'il avait l'habitude de dormir sur le côté droit.
Çünkü sağ tarafına yatarak uyumaya alışmıştı.
Mais son état actuel l'empêchait d'effectuer ses mouvements habituels.
Ancak mevcut durumu, her zamanki hareketlerini yapmasına engel oluyordu.
Il n'avait aucun moyen de se retrouver dans cette situation.
Kendisini bu duruma düşürmesinin hiçbir yolu yoktu.
Il fit de son mieux pour se jeter sur son côté droit.
Elinden geldiğince sağ tarafına doğru dönmeye çalıştı.
Il a probablement tenté ce mouvement une centaine de fois.
Bu hareketi muhtemelen yüzlerce kez denemiştir.
Mais il revenait toujours en position couchée sur le dos.
Ama her zaman tekrar sırtüstü pozisyona geri dönüyordu.
Il ferma les yeux pour ne pas voir ses jambes qui s'agitaient.
Bacaklarının kıpır kıpır hareketlerini görmemek için gözlerini kapattı.
Finalement, la douleur l'a empêché de réessayer.
Sonunda çektiği acı, tekrar denemesine engel oldu.
Une douleur sourde au flanc qu'il n'avait jamais ressentie auparavant.
Yan tarafında daha önce hiç hissetmediği hafif bir ağrı.
« Oh mon Dieu », pensa désespérément Gregor Samsa.
"Aman Tanrım," diye düşündü Gregor Samsa çaresizce.
« Quel métier pénible j'ai choisi ! »
"Ne kadar da zorlu bir meslek seçmişim kendime!"
« Je dois voyager tous les jours pour le travail. »
"İşim gereği her gün seyahat etmek zorundayım."
« Le travail de bureau est beaucoup plus facile que le travail sur la route. »
"Ofiste çalışmak, seyahat halinde çalışmaya göre çok daha kolay."
« Et j'ai la malédiction de devoir voyager constamment. »

"Ve sürekli seyahat etmek zorunda kalmanın lanetine maruz kalıyorum."
« Toutes ces inquiétudes liées au fait d'être à l'heure pour les trains. »
"Trenlere zamanında yetişme endişesi."
« Mes horaires de repas sont irréguliers et la nourriture est mauvaise. »
"Yemek saatlerim düzensiz ve yemekler kötü."
« Mes amis changent constamment de ville. »
"Arkadaşlarım şehirden şehre sürekli değişiyor."
« Mes interactions sont froides et professionnelles. »
"Kurduğum etkileşimler soğuk ve profesyonel."
«Que le diable s'amuse avec ce genre de travail !»
"Bırakın şeytan bu tür işlerle eğlensin!"
Il ressentit une légère démangeaison en haut de l'estomac.
Karnının üst kısmında hafif bir kaşıntı hissetti.
Il s'appuya contre le montant du lit, le dos contre le sol.
Sırtını yatak direğine dayadı.
Il voulait pouvoir mieux lever la tête.
Başını daha rahat kaldırabilmeyi istiyordu.
Il a trouvé l'endroit qui le démangeait.
Kendisini rahatsız eden kaşıntılı noktayı buldu.
Sa tête semblait recouverte de petits points blancs.
Başının üzeri küçük beyaz noktalarla kaplı gibiydi.
Il ne pouvait pas dire ce que représentaient ces petits points blancs.
Bu küçük beyaz noktaların ne olduğunu anlayamadı.
Il avait prévu de toucher l'endroit avec une de ses jambes.
Ayaklarından biriyle o noktaya dokunmayı planlamıştı.
Mais lorsqu'il toucha l'endroit, il ressentit un étrange frisson.
Ama o noktaya dokunduğunda garip bir ürperti hissetti.
Il a donc immédiatement retiré sa jambe.
Bunun üzerine hemen bacağını o noktadan çekti.
Il n'avait d'autre choix que d'accepter cette sensation de démangeaison.
Kaşıntı hissini kabullenmekten başka çaresi yoktu.

Et il reprit sa position initiale dans le lit.
Ve yatakta önceki pozisyonuna geri döndü.
«Se réveiller si tôt rend vraiment stupide.»
"Bu kadar erken uyanmak insanı gerçekten aptallaştırıyor."
« Un homme doit dormir suffisamment », pensa-t-il.
"İnsanın yeterince uyuması gerekir," diye düşündü kendi kendine.
« Les autres représentants de commerce mènent une vie de luxe. »
"Diğer seyyar satıcılar lüks içinde yaşıyorlar."
« Le matin, je transfère les ordres que j'ai reçus. »
"Sabahları aldığım siparişleri iletiyorum."
« Pendant ce temps, ces messieurs prennent encore leur petit-déjeuner. »
"Bu arada beyler hâlâ kahvaltı yapıyorlar."
« Imaginez un peu si j'essayais de faire ça avec mon patron. »
"Bunu patronumla yapmaya kalkışsaydım ne olurdu bir düşünün."
«Il me licenciait avant même que j'aie fini mon petit-déjeuner.»
"Kahvaltımı bitirmeden beni işten kovardı."
« Mais ce ne serait peut-être pas le pire non plus. »
"Ama belki de bu da en kötü şey olmazdı."
«Le problème, c'est que mes parents me freinent.»
"Sorun şu ki, ailem beni engelliyor."
« Sans eux, j'aurais déjà démissionné. »
"Onlar olmasaydı çoktan istifa etmiş olurdum."
« J'aurais tenu tête au patron et je lui aurais dit. »
"Patrona karşı çıkıp durumu açıkça söylerdim."
« Je dirais exactement ce que je pense de lui et de son travail. »
"Onun ve yaptığı iş hakkında ne düşündüğümü aynen söylerdim."
« Il tomberait de son bureau si je lui racontais tout ! »
"Her şeyi anlatsam masasından düşerdi!"
« Sa façon de s'asseoir à son bureau est très étrange. »
"Masasında oturuş şekli çok garip."

« Sa façon de parler à ses subordonnés n'est pas correcte. »
"Astlarıyla konuşma şekli doğru değil."
« Et le pire, c'est que son ouïe est très mauvaise. »
"Ve en kötü yanı da işitme duyusunun çok zayıf olması."
«Vous n'avez donc pas d'autre choix que de vous asseoir très près de lui.»
"Bu yüzden ona çok yakın oturmaktan başka seçeneğiniz yok."
« Cela dit, l'espoir n'est pas encore totalement perdu. »
"Ancak tüm bunlara rağmen, umut henüz tamamen kaybolmuş değil."
« Je vais économiser cet argent pour rembourser les dettes de mes parents. »
"Parayı biriktirip anne babamın borcunu ödeyeceğim."
« Je ne peux rien faire tant qu'ils lui doivent de l'argent. »
"Onlar hâlâ ona borçlu oldukları sürece hiçbir şey yapamam."
« Mais une fois la dette remboursée, je le ferai sans aucun doute. »
"Ama borç ödendiğinde bunu kesinlikle yapacağım."
« Cela prendra probablement encore cinq à six ans. »
"Muhtemelen beş ila altı yıl daha sürecek."
« Oui, alors la grande séparation aura certainement lieu. »
"Evet, o zaman büyük ayrılık kesinlikle gerçekleşecektir."
« Pour le moment, je dois me lever. »
"Şimdilik yataktan kalkmam gerekiyor."
« Parce que mon train part à cinq heures. »
"Çünkü trenim saat beşte kalkacak."
Gregor regarda le réveil qui tic-tac sur la table.
Gregor masanın üzerindeki çalar saatin tıkırtısını izledi.
« Père céleste ! » pensa-t-il en regardant l'heure.
"Ey göksel Baba!" diye düşündü saate baktığında.
Six heures et demie étaient déjà passées sans qu'on s'en aperçoive.
Saat altı buçuk sessizce geçip gitmişti bile.
Et les aiguilles de l'horloge continuaient d'avancer d'elles-mêmes.
Ve saatin kolları ve kolları kendiliğinden ileri doğru hareket etmeye devam etti.

Et il était presque sept heures quarante-cinq.
Saat artık yediye çeyrek kala idi.
« Peut-être que le réveil n'a pas sonné ? » pensa-t-il.
"Belki de beni uyandırmak için alarm çalmamıştı?" diye
düşündü.
Depuis son lit, Gregor inspecta le réveil.
Gregor yatağından çalar saati inceledi.
Le réveil était correctement réglé sur quatre heures.
Çalar saat dört olarak doğru ayarlanmıştı.
Il ne pouvait pas l'expliquer, mais l'alarme avait dû sonner.
Bunu açıklayamıyordu ama alarm çalmış olmalıydı.
**« Comment ai-je pu dormir sans m'en rendre compte après
avoir entendu le réveil ? »**
"Alarmı nasıl duymadan uyuyakaldım?"
Quand elle sonne, l'alarme fait même trembler les meubles.
Alarm çaldığında mobilyalar bile sallanıyor.
Il savait que son sommeil n'avait pas été du tout paisible.
Uykusunun hiç de huzurlu geçmediğini biliyordu.
**Mais c'est peut-être pour cela que son sommeil était
beaucoup plus profond.**
Ama belki de bu yüzden uykusu çok daha derindi.
Il devait réfléchir à ce qu'il devait faire maintenant.
Şimdi ne yapması gerektiği konusunda düşünmesi
gerekiyordu.
Le train suivant ne partait qu'à sept heures.
Bir sonraki tren saat yediye kadar kalkmadı.
Prendre ce train serait quasiment impossible.
O trene yetişmek neredeyse imkansız olurdu.
**Et il n'avait pas encore emporté les textiles dont il avait
besoin.**
Ve henüz ihtiyacı olan tekstil ürünlerini paketlememişti.
Il ne se sentait pas particulièrement frais et agile non plus.
Kendini pek de dinç ve çevik hissetmiyordu.
Il y avait peut-être une chance de monter dans le train.
Belki trene binme şansı vardı.
**Mais une réprimande du patron était inévitable de toute
façon.**

Ama her iki durumda da patronun azarı kaçınılmazdı.

Le commis aurait pris le train de cinq heures.

Memur saat beşteki trene binmiş olmalıydı.

Le commis de bureau était une créature sans envergure, à la solde du patron.

Büro memuru, patronun omurgasız bir kuklasıydı.

L'absence de Gregor aurait donc déjà été signalée.

Dolayısıyla Gregor'un yokluğu zaten bildirilmiş olmalıydı.

« Et si je me faisais porter malade ? » se demandait Gregor.

"Ya hasta olduğumu söylesem?" diye düşünüyordu Gregor.

Mais ce serait extrêmement embarrassant et suspect.

Ama bu son derece utanç verici ve şüpheli olurdu.

Gregor n'avait jamais été malade pendant la période où il avait travaillé là-bas.

Gregor orada çalıştığı süre boyunca hiç hasta olmamıştı.

Et il leur avait déjà consacré cinq années de service.

Ve onlara zaten beş yıllık hizmet vermişti.

Il y avait de fortes chances que le patron vienne prendre de ses nouvelles.

Patronun onu kontrol etmeye gelme ihtimali yüksekti.

Il amènerait probablement le médecin de l'assurance maladie.

Muhtemelen sağlık sigortası doktorunu da yanında getirecektir.

Et il blâmait les parents pour la paresse de leur fils.

Ve tembel oğullarından dolayı anne babayı suçlardı.

Ils ne pourraient formuler aucune objection à son égard.

Ona hiçbir şekilde itiraz edemezlerdi.

Car pour lui, il n'y avait que deux sortes de travailleurs.

Çünkü ona göre sadece iki tür işçi vardı.

Soit les ouvriers étaient en parfaite santé, soit ils rechignaient à travailler.

İşçiler ya tamamen sağlıklıydı ya da işten kaçıyorlardı.

Et aurait-il même tort dans cette analyse de base ?

Peki, bu temel analizinde yanılıyor olabilir miydi?

Assurément, dans ce cas précis, son argument était solide.

Elbette, bu durumda güçlü bir argümanı vardı.

Malgré son apparence, Gregor se sentait en réalité plutôt bien.

Görünüşüne rağmen Gregor aslında kendini oldukça iyi hissediyordu.

Ce long sommeil inutile l'avait rendu un peu somnolent.

Gereksiz yere uzun süren uyku onu biraz uykulu yapmıştı.

Mais à part ça, il ne pouvait pas se plaindre de maladie.

Ama bunun dışında herhangi bir hastalıktan şikayet edemezdi.

Il ressentait même une faim particulièrement forte et saine.

Hatta özellikle güçlü ve sağlıklı bir açlık hissetti.

Tandis qu'il nourrissait ces pensées, l'horloge sonna de nouveau.

O bunları düşünürken saat tekrar çaldı.

Selon l'alarme, il était alors sept heures moins le quart.

Alarm sistemine göre saat yediye çeyrek kalmıştı.

Et maintenant, on frappa doucement à la porte.

Ve şimdi de kapıya hafif bir tıkırtı geldi.

« Gregor », l'appela quelqu'un – c'était sa mère.

"Gregor," diye seslendi biri ona; annesiydi.

« Il est sept heures moins le quart », a-t-elle confirmé en entendant l'alarme.

"Saat yediye çeyrek kala," diyerek alarmı doğruladı.

« Tu ne voulais pas partir ? » demanda la douce voix.

"Gitmek istemedin mi?" diye sordu nazik bir ses.

Gregor eut peur en entendant sa voix répondre.

Gregor, onun sesini duyunca korktu.

Sa voix était toujours la même.

Sesi, her zaman sahip olduğu sesti.

Mais une nouvelle sonorité s'était désormais mêlée à sa voix.

Ama şimdi sesine yeni bir tını karışmıştı.

Un couinement douloureux s'échappa également du plus profond de lui.

Onun da içinden derin bir acı çığlığı çıktı.

Au début, sa voix semblait former des mots avec clarté.

İlk başta sesi kelimeleri net bir şekilde oluşturuyor gibiydi.

Mais alors, Gregor entendit l'écho mental de sa voix.

Ama sonra Gregor, kendi sesinin zihinsel yankısını duydu.
L'enregistrement de sa voix s'est interrompu de façon étrange.
Ses kaydı garip bir şekilde kesildi.
Et il n'était pas sûr d'avoir bien entendu.
Ve duyduklarının doğru olup olmadığından emin değildi.
Gregor éprouvait un profond désir de donner une réponse détaillée.
Gregor, ayrıntılı bir cevap verme konusunda derin bir istek duyuyordu.
Il voulait tout expliquer clairement à sa mère.
Annesine her şeyi açıkça anlatmak istiyordu.
Mais, compte tenu des circonstances, il devait se limiter.
Ancak, şartlar göz önüne alındığında, kendini sınırlamak zorunda kaldı.
Et sa réponse fut beaucoup plus brève qu'il ne l'aurait souhaité.
Ve istediğinden çok daha kısa bir cevap verdi.
"Oui maman, ne t'inquiète pas, merci, je suis déjà levée."
"Evet anne, merak etme, teşekkür ederim, çoktan kalktım."
La porte en bois a probablement contribué à étouffer sa voix.
Ahşap kapı muhtemelen sesinin daha az duyulmasına yardımcı olmuştur.
À l'extérieur, le changement dans la voix de Gregor est resté inaperçu.
Gregor'un sesindeki değişiklik dışarıdan fark edilmedi.
La mère semblait satisfaite de son explication.
Anne, onun açıklamalarından memnun kalmış gibiydi.
Et elle repartit aussi discrètement qu'elle était venue.
Ve geldiği gibi sessizce tekrar ayrıldı.
Mais cette petite conversation a eu un effet indésirable.
Ancak bu kısa konuşmanın istenmeyen bir etkisi oldu.
Il a attiré l'attention des autres membres de la famille.
Diğer aile üyelerinin dikkatini çekti.
Gregor était toujours chez lui et n'était pas allé travailler.
Gregor hâlâ evdeydi ve işe gitmemişti.
Et maintenant, le père frappa lui aussi à la porte de côté.

Ve şimdi baba da yan kapıyı çaldı.

Il frappa faiblement, mais avec détermination, du poing.

Güçsüzce ama kararlı bir şekilde yumruğuyla vurdu.

« Gregor, Gregor », appela-t-il, « quel est le problème ? »

"Gregor, Gregor," diye seslendi, "sorun nedir?"

Au bout d'un moment, il avertit de nouveau d'une voix plus grave.

Bir süre sonra daha kalın bir sesle tekrar uyardı.

Mais la sœur frappa alors à la porte de l'autre côté.

Ama diğer kapıda kız kardeş şimdi kapıyı çaldı.

« Gregor ? Tu ne te sens pas bien ? » demanda-t-elle doucement.

"Gregor? İyi değil misin?" diye sordu sessizce.

« Avez-vous besoin de quelque chose ? » demanda-t-elle, inquiète.

"Bir şeye ihtiyacınız var mı?" diye sordu endişeyle.

Gregor a répondu aux deux parties : « J'ai déjà terminé. »

Gregor her iki tarafa da şu cevabı verdi: "Ben zaten işimi bitirdim."

Il avait fait de son mieux pour prononcer tous les mots avec soin.

Kelimelerin hepsini dikkatlice telaffuz etmek için elinden gelenin en iyisini yapmıştı.

Et il a gommé tout ce qui était ostentatoire dans sa voix.

Ve sesindeki göze çarpan her şeyi ortadan kaldırdı.

Le père semblait également satisfait de la réponse.

Baba da verilen cevaptan memnun görünüyordu.

Et il retourna à son petit-déjeuner inachevé.

Ve yarım kalan kahvaltısına geri döndü.

Mais la sœur murmura : « Gregor, ouvre la bouche, je t'en supplie. »

Ama kız kardeş fısıldayarak, "Gregor, lütfen ağzını aç, yalvarıyorum." dedi.

Mais son inquiétude à son égard ne parvenait en rien à l'émouvoir.

Ama onun için duyduğu endişe, adamı hiçbir şekilde etkileyemedi.

Gregor n'avait aucune intention de lui ouvrir la porte.
Gregor'un ona kapıyı açmaya hiç niyeti yoktu.
**Ses voyages lui avaient permis d'acquérir certaines
habitudes de prudence.**
Seyahat ederken bazı temkinli alışkanlıklar edinmişti.
Et il se félicita d'avoir verrouillé les portes.
Kapıları kilitlediği için kendini övdü.
**Il voulait d'abord se lever tranquillement, à son propre
rythme.**
Öncelikle kendi zamanında sessizce kalkmak istedi.
Et, sans être dérangé, il voulut s'habiller.
Ve rahatsız edilmeden giyinmek istedi.
Cela étant fait, il voulut ensuite prendre son petit-déjeuner.
Bunu başardıktan sonra kahvaltı yapmak istedi.
**Ce n'est qu'alors qu'il a souhaité examiner la situation plus
en détail.**
Ancak o zaman durumu daha ayrıntılı olarak değerlendirmek
istedi.
Il savait qu'il était inutile de faire des projets au lit.
Yatakta plan yapmanın hiçbir faydası olmadığını biliyordu.
Il serait impossible de parvenir à une conclusion sensée.
Mantıklı bir sonuca ulaşmak imkansız olurdu.
**Il lui était déjà arrivé de se réveiller avec de légères
douleurs.**
Daha önce de hafif ağrılarla uyandığı zamanlar olmuştu.
**Ces douleurs se sont toujours révélées être de pures
inventions de l'imagination.**
Bu acıların her zaman tamamen hayal ürünü olduğu ortaya
çıktı.
En me levant du lit, la douleur disparaissait invariablement.
Yataktan kalkınca ağrı her zaman geçiyordu.
Il était curieux de voir ce qu'il adviendrait de ces idées.
Bu fikirlerin akıbetinin ne olacağını merak ediyordu.
**Le changement de sa voix était probablement dû à un
rhume.**
Sesindeki değişiklik muhtemelen sadece soğuk algınlığından
kaynaklanıyordu.

Le rhume est un risque professionnel courant pour les voyageurs.
Seyahat edenler için soğuk algınlığı sadece mesleki bir risktir.
Il ne doutait pas que c'était l'explication logique.
Bunun mantıklı bir açıklama olduğundan hiç şüphesi yoktu.
Il s'est facilement dégagé de la couverture.
Üzerindeki battaniyeyi çıkarmak kolay oldu.
Il lui suffisait d'inspirer et de se gonfler.
Tek yapması gereken derin bir nefes alıp kendini şişirmekti.
La couverture glissa de son corps et tomba sur le sol.
Battaniye vücudundan kayarak yere düştü.
Son corps incroyablement large rendait d'autres choses difficiles.
Aşırı geniş vücudu diğer şeyleri zorlaştırıyordu.
Il aurait eu besoin de bras et de mains pour se tenir debout.
Ayağa kalkabilmesi için kollara ve ellere ihtiyacı olurdu.
Mais il n'avait plus les membres qu'il avait autrefois.
Ama artık eskisi gibi uzuvlara sahip değildi.
Au lieu de bras et de mains, il avait plein de petites jambes.
Kolları ve elleri yerine bir sürü küçük bacağı vardı.
Et ses jambes bougeaient sans cesse, sans qu'il puisse les contrôler.
Ve bacakları, onun kontrolü dışında, sürekli hareket ediyordu.
Il a essayé de plier une jambe, mais au lieu de cela, elle s'est étirée.
Bir bacağını bükmeye çalıştı ama bunun yerine bacağı uzadı.
Il parvint finalement à contrôler une jambe.
Sonunda bir bacağını kontrol altına almayı başardı.
Mais ensuite, le mouvement des autres pattes a été libéré.
Ancak daha sonra diğer bacakların hareketi serbest bırakıldı.
Et toutes ses jambes frémissaient d'excitation extrême.
Ve tüm bacakları aşırı heyecandan seğirdi.
Il a d'abord voulu sortir le bas de son corps du lit.
Öncelikle alt bedenini yataktan çıkarmak istedi.
Mais il n'avait pas encore vu le bas de son corps.
Ama henüz alt bedenini görmemişti.

Et de toute façon, déplacer cette pièce s'est avéré trop difficile.

Üstelik bu parçayı taşımak da çok zor oldu.

Finalement, de toutes ses forces, il fit un geste audacieux.

Sonunda, tüm gücüyle, çılgınca bir hamle yaptı.

Sans plus hésiter, il s'avança.

Hiç tereddüt etmeden öne doğru ilerledi.

Mais il avait choisi la mauvaise direction.

Ama yanlış yöne gitmeyi seçmişti.

Il s'est violemment cogné le corps contre le montant inférieur du lit.

Vücudunu şiddetle yatağın alt direğine çarptı.

La douleur brûlante qu'il ressentait lui a appris une précieuse leçon.

Hissettiği yakıcı acı ona değerli bir ders verdi.

La partie inférieure de son corps était peut-être plus sensible.

Vücudunun alt kısmı belki de daha hassastı.

Il a donc commencé par sortir le haut de son corps du lit.

Bu yüzden önce üst vücudunu yataktan çıkarmaya çalıştı.

Il tourna prudemment la tête dans la bonne direction.

Başını dikkatlice doğru yöne çevirdi.

Et bientôt, sa tête se retrouva face au bord du lit.

Ve çok geçmeden başı yatağın kenarına doğru döndü.

Ce mouvement prudent lui était en réalité facile.

Bu temkinli hareket aslında onun için kolaydı.

Et sa largeur et son poids ne l'empêchaient pas de se déplacer.

Genişliği ve ağırlığı hareketlerini engellemedi.

La masse de son corps suivit lentement le mouvement de sa tête.

Vücudunun kütlesi, başının dönüşüne yavaşça ayak uydurdu.

Mais ensuite, il a passé la tête au-dessus du bord du lit.

Ama sonra başını yatağın kenarından aşağı sarkıttı.

Et il dut faire face à une nouvelle peur à laquelle il n'avait pas encore pensé.

Ve daha önce hiç düşünmediği yeni bir korkuyla karşı karşıya kaldı.

Poursuivre dans cette voie pourrait s'avérer dangereux.

Bu yönde daha fazla ilerlemek tehlikeli olabilir.

Il pensait qu'il allait simplement se laisser tomber.

Kendini düşüşe bırakacağını düşünmüştü.

Mais ce serait un miracle s'il ne s'était pas blessé à la tête.

Ama kafasını yaralamaması mucize olurdu.

Ce n'était pas le moment de risquer de perdre connaissance.

Şu an bilincimi kaybetme riskini göze almanın zamanı değildi.

Finalement, il vaudrait peut-être mieux rester au lit.

Belki de en iyisi yatakta kalmaktır.

Mais il devait ensuite faire le même effort pour revenir.

Ama sonra geri dönmek için aynı çabayı göstermesi gerekti.

Après tous ces efforts, il était allongé là, exactement comme avant.

Bütün bu çabalardan sonra, tıpkı daha önce olduğu gibi orada yatıyordu.

Et maintenant, ses jambes semblaient encore plus en colère qu'elles ne l'avaient été.

Ve şimdi bacakları, daha önce olduğundan bile daha öfkeli görünüyordu.

Les mouvements de sa jambe étaient devenus encore plus incontrôlables.

Bacağının hareketleri daha da kontrol edilemez hale gelmişti.

Il ne voyait aucun moyen de sortir de la situation dans laquelle il se trouvait.

İçinde bulunduğu durumdan kurtulmanın hiçbir yolunu göremiyordu.

Il était impossible de faire émerger la paix et l'ordre de ce chaos.

Bu kaos ortamından barış ve düzen çıkarılamadı.

Mais il savait que rester au lit n'était pas une option non plus.

Ama yatakta kalmanın da bir seçenek olmadığını biliyordu.

Tout sacrifier était l'option la plus sensée.

Her şeyi feda etmek en mantıklı seçenekti.

Il s'accrochait au moindre espoir de pouvoir se lever.
Yatağından kalkma umuduna dair en ufak bir kırıntıya bile
tutundu.
S'il y parvenait, tous les risques en auraient valu la peine.
Eğer bunu başarabilseydi, tüm risklere değmiş olurdu.
Mais il se souvenait aussi d'autre chose en même temps.
Ama aynı anda başka bir şeyi de hatırladı.
**« Mieux vaut réfléchir sereinement que de prendre des
décisions désespérées. »**
"Umutsuz kararlar vermektense, sakin bir şekilde düşünmek
daha iyidir."
Il concentra tous ses efforts sur la fenêtre.
Tüm gücüyle gözlerini pencereye dikti.
Mais ce qu'il vit ne lui insuffla guère de confiance ni de joie.
Ancak gördükleri ona pek güven ve neşe vermedi.
La brume matinale enveloppait toute la rue étroite.
Sabah sisi dar sokağın tamamını kaplamıştı.
Le réveil sonna à nouveau ; il était maintenant sept heures.
Çalar saat tekrar çaldı; artık saat yedi olmuştu.
« Il est déjà sept heures et il y a encore un épais brouillard. »
"Saat yedi oldu ve hâlâ çok sis var."
Il resta un moment allongé, immobile, respirant faiblement.
Bir süre sessizce yattı, nefes alışverişi çok zayıftı.
**Un peu de calme permettrait peut-être de retrouver une
certaine normalité.**
Belki biraz durgunluk normale dönüşü sağlayabilir.
Un silence complet pourrait engendrer les conditions réelles.
Tam bir sessizlik gerçek koşulları ortaya çıkarabilir.
**Mais avant que l'horloge ne sonne à nouveau, il rompit le
silence.**
Ama saat tekrar çalmadan önce sessizliği bozdu.
«Avant que l'horloge ne sonne à nouveau, je dois être levé.»
"Saat tekrar çalmadan önce yataktan kalkmalıyım."
**« Je dois absolument être complètement levé à ce moment-là.
»**
"O zamana kadar mutlaka yataktan tamamen kalkmış
olmalıyım."

« Après 19h15, le bureau enverra quelqu'un. »
"Saat yediyi çeyrek geçtikten sonra ofis birini gönderecek."
"Parce que le bureau ouvrait avant sept heures."
"Çünkü ofis saat yediden önce açılıyordu."
Et il commença alors à se balancer hors du lit.
Ve şimdi vücudunu yataktan dışarı doğru sallamaya başladı.
Il avait cessé de se concentrer sur le haut ou le bas de son corps.
Vücudunun üst veya alt kısmına odaklanmayı bırakmıştı.
Il fallut sortir tout son corps du lit.
Vücudunun tamamının yataktan kalkması gerekiyordu.
Tomber de cette façon devrait protéger sa tête, pensa-t-il.
Bu şekilde düşmek kafasını koruyacaktır diye düşündü.
Il avait prévu de relever la tête lorsqu'il toucherait le sol.
Yere düştüğünde başını kaldırmayı planlamıştı.
Son dos semblait suffisamment robuste pour encaisser le choc.
Vücudunun arka kısmı darbenin etkisine karşı yeterince sert görünüyordu.
Et le tapis était là pour amortir l'atterrissage.
Ve halı, inişi yumuşatmak için oradaydı.
Ce qui le préoccupait le plus, cependant, c'était le bruit assourdissant.
Ancak onun en büyük endişesi yüksek sesti.
Le bruit fracassant effrayerait tous les occupants de la maison.
Çarpma sesi evdeki herkesi korkuturdu.
Peut-être que le bruit fort ne les terrifierait pas.
Belki de yüksek sesten korkmazlardı.
Mais ils seraient certainement inquiets s'ils l'apprenaient.
Ama bunu duyarlarsa kesinlikle endişeleneceklerdi.
Mais il fallait prendre le risque d'attirer l'attention.
Ancak dikkat çekme riskini göze almak gerekiyordu.
La nouvelle méthode s'apparentait davantage à un jeu qu'à un effort.
Yeni yöntem, çabadan çok bir oyuna benziyordu.

Il devait balancer son corps par mouvements brusques et saccadés.
Vücudunu ani ve sarsıntılı hareketlerle sallamak zorunda kaldı.
Gregor était déjà à moitié sorti du lit.
Gregor çoktan yatağın yarısına kadar kalkmıştı.
Une nouvelle idée venait de lui traverser l'esprit.
Aklına birden yeni bir fikir geldi.
« Tout serait si facile si quelqu'un venait à mon secours. »
"Eğer biri bana yardım etseydi her şey çok daha kolay olurdu."
« Deux personnes fortes suffiraient amplement. »
"İki güçlü kişi tamamen yeterli olurdu."
Son père et la servante seraient assez forts.
Babası ve hizmetçi kız yeterince güçlü olurlardı.
Il leur suffirait de glisser leurs bras sous son dos.
Kollarını onun sırtının altına kaydırmaları yeterli olacaktı.
Et ensuite, ils pourraient facilement le sortir du lit.
Sonra da onu yataktan kolayca çıkarabilirlerdi.
Peut-être auraient-ils dû réduire son poids progressivement.
Belki de kilosunu yavaş yavaş azaltmaları gerekecekti.
Alors, espérons-le, les jambes auraient trouvé leur utilité.
Umarım o zaman bacaklar amaçlarına kavuşmuş olur.
« Ne serait-il pas préférable, après tout, de demander de l'aide ? »
"En azından yardım çağırmak daha iyi olmaz mıydı?"
Le problème, bien sûr, c'est qu'il avait verrouillé les portes.
Sorun elbette ki kapıları kilitlemiş olmasıydı.
Il y avait quelque chose dans cette idée qui le chatouillait.
Bu düşünce onu bir şekilde eğlendirmişti.
Et malgré ses difficultés, il ne put réprimer un sourire.
Ve tüm zorluklara rağmen, gülümsemesini gizleyemedi.
Il était déjà sur le point de perdre l'équilibre.
Dengesini kaybetmeye çok yakındı zaten.
Chaque balancement le rapprochait un peu plus du moment où il basculerait du lit.
Her sallanışı onu yataktan düşmeye biraz daha yaklaştırıyordu.

Il allait bientôt devoir prendre la décision finale.
Çok yakında nihai kararını vermek zorunda kalacaktı.
Dans cinq minutes, il serait sept heures et quart.
Beş dakika sonra saat yediyi çeyrek geçecekti.
Tandis qu'il était plongé dans ces pensées, la sonnette retentit.
O bunları düşünürken kapı zili çaldı.
« C'est quelqu'un du bureau », se dit-il.
"Bu ofisten biri," diye düşündü kendi kendine.
Et il fut presque paralysé de peur à cause du visiteur.
Ve gelen ziyaretçi yüzünden neredeyse korkudan donup kaldı.
Ses jambes s'agitaient encore plus sauvagement qu'auparavant.
Bacakları, daha önce olduğundan da daha çılgınca hareket ediyordu.
Mais ensuite, pendant un instant, tout resta silencieux.
Ama sonra, bir an için her şey sessizleşti.
« Ils n'ouvriront pas la porte », se dit Gregor.
"Kapıyı açmayacaklar," diye düşündü Gregor kendi kendine.
Il était encore prisonnier d'un espoir insensé.
Hâlâ anlamsız bir umudun etkisi altındaydı.
Mais ensuite, bien sûr, la bonne s'est dirigée vers la porte.
Ama sonra, elbette, hizmetçi kapıya doğru yürüdü.
Et, comme toujours, elle ouvrit la porte au visiteur.
Ve her zamanki gibi, ziyaretçiye kapıyı açtı.
Gregor n'avait besoin d'entendre que les premiers mots de bienvenue du visiteur.
Gregor'un ziyaretçinin ilk selamını duyması yeterliydi.
Il a tout de suite compris qui était venu le chercher.
Kimin onu almaya geldiğini hemen anladı.
Le chef de bureau en personne était venu prendre des nouvelles de Samsa.
Baş kâtip bizzat Samsa'yı kontrol etmeye gelmişti.
Pourquoi Gregor était-il le seul à être condamné à un tel sort ?
Gregor neden bu kadere mahkum edilen tek kişi oldu?

Pourquoi lui seul a-t-il dû servir dans une telle organisation ?
Neden sadece o böyle bir kuruluşta görev yapmak zorundaydı?
Le moindre oubli éveillait immédiatement les soupçons.
En ufak bir ihmal bile hemen şüphe uyandırıyordu.
Tous les employés qui travaillaient là-bas étaient-ils des scélérats ?
Orada çalışan tüm çalışanlar düzenbaz mıydı?
N'y avait-il donc parmi eux aucune personne fidèle et dévouée ?
Aralarında sadık ve özverili kimse yok muydu?
N'auraient-ils pas pu simplement envoyer un apprenti ?
Bir çırak gönderemezler miydi?
Toutes ces interrogations étaient-elles vraiment nécessaires ?
Bütün bu sorgulamalar gerçekten gerekli miydi?
Le représentant autorisé devait-il se déplacer en personne ?
Yetkili temsilcinin bizzat gelmesi gerekli miydi?
Fallait-il vraiment informer toute la famille innocente ?
Masum ailenin tamamının bilgilendirilmesi mi gerekiyordu?
Toutes ces considérations ont poussé Gregor à agir.
Tüm bu hususlar Gregor'u harekete geçirdi.
Il se hissa hors du lit de toutes ses forces.
Tüm gücüyle kendini yataktan fırlattı.
Il y a eu une forte détonation, mais ce n'était pas vraiment un bruit.
Yüksek bir patlama sesi duyuldu, ama aslında gürültü sayılmazdı.
La chute avait été légèrement amortie par le tapis.
Halı, düşüşün etkisini biraz yumuşatmıştı.
Son dos était plus élastique que Gregor ne l'avait imaginé.
Sırtı, Gregor'un düşündüğünden daha esnekti.
Le son était donc plus sourd et moins perceptible.
Bu nedenle ses daha boğuktu ve o kadar dikkat çekici değildi.
Mais il n'avait pas fait attention à sa tête pendant sa chute.
Ama düşüş sırasında başını korumamıştı.
Et lorsqu'il a touché le sol, il s'est aussi cogné la tête.

Yere düştüğünde kafasını da çarptı.

Il se frotta la tête sur le tapis, en colère et souffrant.

Öfke ve acıyla başını halıya sürdü.

Mais le gérant, qui se trouvait dans la pièce d'à côté, a entendu le bruit.

Ancak yan odadaki müdür gürültüyü duydu.

« Quelque chose est tombé là-dedans », a-t-il observé avec justesse.

"İçine bir şey düştü," diye doğru bir şekilde gözlemledi.

Gregor essaya d'imaginer le manager dans sa situation.

Gregor, müdürü kendi durumunda hayal etmeye çalıştı.

« La même chose pourrait-elle lui arriver ? » se demanda-t-il.

"Acaba aynı şey onun başına da gelebilir mi?" diye düşündü.

Il a admis que cet étrange événement pouvait être possible.

Bu garip olayın mümkün olabileceğini kabul etti.

Puis le chef de bureau fit quelques pas vers la pièce.

Ardından baş katip odaya doğru birkaç adım attı.

C'était presque une réponse grossière à la question qu'il avait posée.

Sorduğu soruya neredeyse kaba bir cevap vermişti.

Ses bottes en cuir grinçaient lorsqu'il s'approcha de la porte.

Kapıya yaklaşırken deri çizmeleri gıcırdadı.

Depuis la pièce située à sa droite, sa servante lui chuchota quelque chose.

Sağındaki odadan hizmetçisi ona fısıldadı.

"Gregor, le représentant autorisé est ici."

"Yetkili temsilci Gregor burada."

« Je sais », dit Gregor, mais seulement à voix basse pour lui-même.

"Biliyorum," dedi Gregor, ama bunu sadece kendi kendine sessizce söyledi.

Il n'osait pas élever la voix au-dessus d'un murmure.

Sesini fısıltıdan daha yüksek çıkarmaya cesaret edemedi.

Parce que Gregor ne voulait pas que sa sœur l'entende.

Çünkü Gregor kız kardeşinin onu duymasını istemiyordu.

« Gregor », dit le père depuis la pièce de gauche.

"Gregor," dedi baba soldaki odadan.

«Le responsable est venu vérifier quel est le problème.»
"Müdür sorunun ne olduğunu kontrol etmeye geldi."
« Il vous a demandé pourquoi vous n'aviez pas pris le premier train. »
"Erken kalkan trenle neden ayrılmadığınızı sordu."
« Nous ne savons pas quoi lui dire », a déclaré le père.
"Ona ne diyeceğimizi bilmiyoruz," dedi baba.
« D'ailleurs, il souhaite également vous parler personnellement. »
"Bu arada, sizinle şahsen de görüşmek istiyor."
« Veuillez ouvrir la porte, afin qu'il puisse vous parler. »
"Lütfen kapıyı açın, böylece sizinle konuşabilsin."
« Il aura la gentillesse d'excuser le désordre dans la chambre. »
"Odadaki dağınıklığı mazur görecektir."
« Bonjour, Monsieur Samsa », lui lança le directeur.
"Günaydın, Bay Samsa," diye seslendi müdür ona.
Et il lui a certainement parlé de manière amicale.
Ve gerçekten de onunla dostane bir şekilde konuştu.
« Il ne se sent pas bien », dit la mère au gérant.
"Durumu iyi değil," dedi anne müdüre.
« Il ne va pas bien du tout, croyez-moi, cher manager. »
"İnanın bana, sevgili müdürüm, durumu hiç iyi değil."
« Sinon, pourquoi Gregor aurait-il raté le train du matin ? »
"Gregor'un sabah trenini kaçırmasının başka ne sebebi olabilir ki?"
«Le garçon ne pense qu'à ses affaires.»
"Çocuğun aklında işten başka hiçbir şey yok."
« Cela m'agace presque qu'il ne fasse rien d'autre. »
"Başka hiçbir şey yapmaması neredeyse canımı sıkıyor."
« J'aimerais qu'il sorte le soir pour prendre l'air. »
"Keşke akşamları dışarı çıkıp biraz temiz hava alsaydı."
« Il était en ville pendant huit jours pour affaires. »
"İş için sekiz günlüğüne şehirdeydi."
« Mais il était chez lui tous les soirs. »
"Ama o akşamların her birinde evdeydi."
«Il s'assoit à notre table et lit le journal.»

"Masamıza oturup gazete okuyor."
« À d'autres moments, il étudie les horaires des trains. »
"Başka zamanlarda ise trenlerin sefer saatlerini inceliyor."
«Il lui arrive de s'occuper en faisant de la menuiserie.»
"Bazen marangozlukla uğraşarak kendini meşgul ediyor."
« Par exemple, il a sculpté un petit cadre photo en bois. »
"Örneğin, küçük bir tahta resim çerçevesi oydu."
« Pendant deux ou trois soirées, il était occupé avec la scie. »
"İki ya da üç akşam boyunca testereyle meşgul oldu."
«Vous serez étonné(e) de voir à quel point le cadre photo est joli.»
"Resim çerçevesinin ne kadar güzel olduğuna şaşıracaksınız."
«Il a accroché le cadre photo dans sa chambre.»
"Resim çerçevesini odasına astı."
« Quand il ouvrira la porte, vous verrez ses boiseries. »
"Kapıyı açtığında ahşap işçiliğini göreceksiniz."
« Au fait, je suis ravi que vous soyez ici, Monsieur Prokurist. »
"Bu arada, burada olmanızdan memnuniyet duyuyorum, Sayın Prokurist."
« Nous n'aurions pas pu, à nous seuls, forcer Gregor à ouvrir la porte. »
"Gregor'un kapıyı açmasını tek başımıza sağlayamazdık."
« Il est tellement têtu », a avoué sa mère au vendeur.
"Çok inatçı," diye itiraf etti annesi memura.
« Il est certainement malade, même s'il l'a nié auparavant. »
"Daha önce bunu inkar etse de, kesinlikle hasta."
« J'arrive tout de suite », dit Gregor lentement et prudemment.
"Hemen geliyorum," dedi Gregor yavaş ve dikkatli bir şekilde.
Mais il ne fit aucun mouvement vers la porte de la pièce.
Ama odanın kapısına doğru hiçbir hareket yapmadı.
Il ne voulait pas perdre un seul mot de la conversation.
Konuşmanın tek bir kelimesini bile kaçırmak istemiyordu.
Le chef de bureau a approuvé l'évaluation de la mère.
Baş katip, annenin değerlendirmesine katıldı.
« Je ne peux pas l'expliquer autrement non plus, madame. »

"Bunu başka türlü açıklayamam hanımefendi."

« Espérons tous qu'il ne souffre d'aucune maladie grave », a-t-il déclaré.

"Umarım ciddi bir hastalığı yoktur," dedi.

« D'un autre côté, c'est un risque pour notre secteur. »

"Öte yandan, bu bizim sektörümüzde bir risk teşkil ediyor."

« Nous, les hommes d'affaires, devons souvent surmonter un certain malaise. »

"Biz iş insanları çoğu zaman rahatsız edici durumların üstesinden gelmek zorundayız."

« Les professionnels doivent simplement faire abstraction des petites douleurs. »

"Profesyonellerin ufak tefek ağrılara katlanmaları gerekiyor."

Pendant ce temps, son père frappa de nouveau à l'autre porte.

Bu sırada babası diğer kapıyı tekrar çaldı.

« Le chef de bureau peut-il entrer maintenant ? » demanda-t-il.

"Baş katip şimdi içeri girebilir mi?" diye sordu.

« Non, il ne peut pas », répondit Gregor à la question de son père.

Gregor babasının sorusuna "Hayır, yapamaz" diye yanıtladı.

Un silence gênant s'installa dans la pièce de gauche.

Soldaki odada garip bir sessizlik çöktü.

Dans la pièce de droite, la sœur se mit à sangloter.

Sağdaki odada kız kardeş hıçkıra hıçkıra ağlamaya başladı.

Pourquoi la sœur n'était-elle pas partie rejoindre les autres ?

Kız kardeş neden diğerlerinin yanına gitmemişti?

Elle venait probablement de se lever, pensa-t-il.

Muhtemelen daha yeni yataktan kalkmıştı, diye düşündü.

Elle n'a peut-être même pas encore commencé à s'habiller.

Belki de henüz giyinmeye bile başlamamıştı.

Mais Gregor ne comprenait pas pourquoi elle pleurait.

Ama Gregor onun neden ağladığını anlayamadı.

Était-ce parce qu'il ne s'était pas levé pour laisser entrer le directeur ?

Acaba kalkıp müdürün içeri girmesine izin vermediği için miydi?

Était-ce parce qu'il risquait de perdre son emploi ?

İşini kaybetme tehlikesiyle karşı karşıya olduğu için miydi?

Le patron pourrait-il s'en prendre aux parents comme avant ?

Patron daha önce olduğu gibi ebeveynlerin peşine düşebilir mi?

Allait-il leur formuler à nouveau les mêmes exigences qu'auparavant ?

Onlardan eski taleplerini tekrar mı dile getirecekti?

Il n'y avait probablement pas lieu de s'inquiéter de ces choses-là.

Bu konularda endişelenmeye muhtemelen gerek yoktu.

Pour le moment, elle n'avait aucune raison de pleurer.

Şimdilik ağlaması için hiçbir sebep yoktu.

Gregor était toujours là, subvenant aux besoins de sa famille.

Gregor hâlâ buradaydı ve ailesinin geçimini sağlıyordu.

Et il n'a jamais eu l'intention de quitter sa famille.

Ve ailesini terk etme niyeti hiç olmamıştı.

Pour le moment, il restait simplement allongé là, sur le tapis.

Şimdilik halının üzerinde öylece yatıyordu.

La famille ignorait son état.

Aile, onun ne durumda olduğunu bilmiyordu.

S'ils avaient su, ils n'auraient pas encouragé son patron.

Bunu bilselerdi patronunu cesaretlendirmezlerdi.

Ils n'auraient même pas laissé entrer le gérant.

Müdürlerini bile eve almazlardı.

Le refouler n'aurait pas été particulièrement impoli.

Onu geri çevirmek özellikle kaba bir davranış olmazdı.

Il aurait facilement pu trouver une excuse convenable plus tard.

Daha sonra kolayca uygun bir bahane bulabilirdi.

Ce n'était pas un motif de licenciement.

Bu, işten çıkarılmasını gerektirecek bir şey değildi.

Gregor pensait qu'il serait plus judicieux de le laisser tranquille désormais.

Gregor, artık yalnız bırakılmanın daha mantıklı olacağını düşündü.

Le déranger en pleurant et en parlant n'a pas beaucoup aidé.

Ağlayarak ve konuşarak onu rahatsız etmek pek bir işe yaramadı.

Mais c'était l'incertitude qui inquiétait les autres.

Ama diğerlerini rahatsız eden şey belirsizlikti.

Et c'est cette incertitude qui a excusé leur comportement.

Ve onların davranışlarını mazur gösteren de bu belirsizlikti.

« Monsieur Samsa », appela le directeur d'une voix forte.

"Bay Samsa," diye seslendi müdür yüksek sesle.

« Qu'est-ce qui se passe avec toi ? » a-t-il voulu savoir.

"Sana ne oluyor?" diye sordu.

« Tu t'es barricadé dans ta chambre. »

"Kendinizi odanıza kilitlediniz."

«Vous ne pouvez répondre que par «oui» ou «non».»

"Sadece 'evet' veya 'hayır' şeklinde yanıt vermeniz gerekiyor."

«Vous causez de sérieux soucis à vos parents.»

"Anne babanıza ciddi endişeler yaşatıyorsunuz."

« Je ne vois pas de bonne raison de les inquiéter. »

"Onları endişelendirecek mantıklı bir sebep göremiyorum."

« Il y a une autre chose que je mentionnerai en passant. »

"Bir de kısaca değinmek istiyorum."

«Vous négligez également vos obligations professionnelles envers nous.»

"Ayrıca bize karşı olan ticari sorumluluklarınızı da ihmal ediyorsunuz."

« Une telle irresponsabilité ne vous ressemble pas du tout. »

"Böyle bir sorumsuzluk sizin karakterinize hiç uymuyor."

« Je parle ici au nom de vos parents et de votre patron. »

"Burada sizin anne babanız ve patronunuz adına konuşuyorum."

« Et je vous demande une explication immédiate et claire. »

"Sizden derhal ve net bir açıklama rica ediyorum."

« Je dois dire que tout cela m'étonne vraiment. »

"Bu olay beni gerçekten çok şaşırtıyor, itiraf etmeliyim."

« Je pensais vous connaître comme une personne calme et raisonnable. »
"Sizi sakin ve mantıklı bir insan olarak tanıdığımı sanıyordum."
« Mais maintenant, tu nous montres une autre facette de toi. »
"Ama şimdi bize kendinizin farklı bir yönünü gösteriyorsunuz."
«Vous faites soudain preuve de vos caprices très particuliers.»
"Birdenbire çok tuhaf kaprislerinizi göstermeye başladınız."
« Mais il pourrait y avoir une explication à votre échec. »
"Ama başarısızlığınızın bir açıklaması olabilir."
« Le patron a mentionné une dette que vous aviez recouvrée pour nous. »
"Patron, sizin bizim için tahsil ettiğiniz bir borçtan bahsetti."
« J'ai donné ma parole d'honneur au patron en votre nom. »
"Sizin adınıza patrona şeref sözü verdim."
« Mais maintenant je vois votre obstination incompréhensible. »
"Ama şimdi senin anlaşılmaz inatçılığını görüyorum."
« Je pourrais encore perdre toute envie de vous aider. »
"Size yardım etme isteğimi tamamen kaybedebilirim."
«Votre sécurité d'emploi n'est en aucun cas totalement stable.»
"İş güvenliğiniz kesinlikle tamamen istikrarlı değil."
« À l'origine, je comptais vous dire tout cela en privé. »
"Başlangıçta tüm bunları size özel olarak anlatmayı planlıyordum."
« Mais maintenant je vois que vous voulez que je perde mon temps ici. »
"Ama şimdi anlıyorum ki burada zamanımı boşa harcamamı istiyorsunuz."
«Je ne vois donc aucune raison pour que vos parents ne le sachent pas.»
"Bu yüzden anne babanızın bilmemesi için hiçbir sebep göremiyorum."

«Vos récentes performances n'ont pas été satisfaisantes.»
"Son dönemdeki performansınız tatmin edici değildi."
« Je reconnais que les ventes sont plus lentes à cette période de l'année. »
"Yılın bu zamanında satışların daha yavaş olduğunu kabul ediyorum."
« Mais il n'y a pas de période de l'année où il n'y a pas de ventes. »
"Ama yılın hiçbir döneminde satış yapılmaz diye bir şey yok."
Pendant un instant, Gregor oublia tout ce qui l'entourait.
Gregor bir an için etrafındaki her şeyi unuttu.
« Mais Monsieur Prokurist ! » s'écria Gregor, désespéré.
"Ama Bay Prokurist!" diye bağırdı Gregor çaresizlik içinde.
« J'ouvre la porte tout de suite, maintenant, ne vous inquiétez pas. »
"Kapıyı hemen şimdi açacağım, merak etmeyin."
«Le problème, c'est que je ne me sens pas très bien.»
"Sorun şu ki, kendimi oldukça iyi hissetmiyorum."
« Mes vertiges m'ont empêché d'atteindre la porte. »
"Baş dönmem kapıya ulaşmamı engelledi."
« Je suis encore au lit, mais je me sens beaucoup mieux. »
"Hâlâ yatakta yatıyorum ama kendimi çok daha iyi hissediyorum."
«Un instant, s'il vous plaît, je viens de me lever.»
"Bir dakika lütfen, yataktan yeni kalkıyorum."
« Un instant de patience, c'est tout ce que je vous demande, Monsieur Prokurist. »
"Sayın Prokurist, sizden sadece biraz sabır rica ediyorum."
« Ça ne se passe pas aussi bien que je le pensais, mais ça ira. »
"Beklediğim kadar iyi gitmiyor ama iyileşeceğim."
« Comment une telle chose peut-elle arriver à une personne aussi rapidement ? »
"Böyle bir şey bir insanın başına bu kadar kısa sürede nasıl gelebilir?"
« Je me sentais bien hier soir, mes parents le savent. »

"Dün gece kendimi gayet iyi hissediyordum, bunu ailem biliyor."

« Mais peut-être avais-je déjà un petit pressentiment à ce moment-là. »

"Ama belki o zaman bile az çok bir önsezim vardı."

«Vous pourriez vous demander pourquoi je ne l'ai pas signalé au bureau.»

"Belki de neden bunu ofise bildirmediğimi soruyorsunuzdur."

« Je pensais que je me sentirais beaucoup mieux demain matin. »

"Sabah kendimi çok daha iyi hissedeceğimi düşünmüştüm."

« On pense toujours qu'ils auront vaincu la maladie d'ici là. »

"İnsan her zaman o zamana kadar hastalığı yeneceklerini düşünür."

« Mais je vous en prie ! Épargnez mes parents de ces accusations ! »

"Ama lütfen! Anne babamı bu suçlamalardan koruyun!"

« On ne m'a pas dit un mot de ce que vous m'avez dit. »

"Bana anlattıklarınızdan tek kelime bile duymadım."

« Il se peut que vous n'ayez pas lu les dernières commandes que j'ai envoyées. »

"Gönderdiğim son emirleri okumamış olabilirsiniz."

« Au fait, vous n'avez pas à vous inquiéter pour moi aujourd'hui. »

"Bu arada, bugün benim için endişelenmenize gerek yok."

«Je vais quand même prendre le train de huit heures.»

"Yine de saat sekizdeki trene bineceğim."

« Ces quelques heures de repos m'ont suffisamment revigoré. »

"Birkaç saatlik dinlenme beni yeterince güçlendirdi."

« Vous n'avez vraiment pas besoin d'attendre, manager. »

"Beklemenize gerçekten gerek yok, yöneticim."

« Moi aussi, je serai bientôt au bureau. »

"Ben de çok yakında ofiste olacağım."

« Et s'il vous plaît, ayez la gentillesse de dire un mot en ma faveur. »

"Ve lütfen benim için iyi bir referans olur musunuz?"
Gregor avait donné son explication assez précipitamment.
Gregor açıklamasını oldukça aceleyle yapmıştı.
Il ne savait pas vraiment ce qu'il essayait de dire.
Gerçekte ne söylemeye çalıştığının farkında bile değildi.
Il s'est approché de la boîte et a essayé de s'en servir pour se lever.
Kutuya gitti ve onu kullanarak ayağa kalkmaya çalıştı.
Il avait vraiment l'intention d'ouvrir la porte.
Kapıyı açmaya gerçekten de niyetliydi.
Il souhaitait être reçu par le représentant autorisé.
Yetkili temsilci tarafından görülmek istedi.
Et il voulait régler le problème avec lui personnellement.
Ve sorunu onunla bizzat çözmek istedi.
Il était impatient de savoir comment les autres réagiraient à son égard.
Diğerlerinin kendisine nasıl tepki vereceğini öğrenmek için can atıyordu.
Ils doivent maintenant être impatients de savoir comment il va.
Onlar da artık onun nasıl olduğunu görmek için sabırsızlanıyor olmalılar.
Il y avait deux façons possibles dont ils pouvaient réagir face à lui.
Ona karşı verebilecekleri iki olası tepki vardı.
Une possibilité était qu'ils aient peur.
Olasılıklardan biri de korkmuş olmalarıydı.
S'ils avaient peur, alors il n'en était pas responsable.
Eğer onlar korkmuşlarsa, onun hiçbir sorumluluğu yoktu.
Et alors, il n'aurait plus à s'inquiéter de la situation.
O zaman da durum hakkında endişelenmesine gerek kalmazdı.
Mais il y avait aussi une autre possibilité à envisager.
Ancak düşünülmesi gereken başka bir olasılık daha vardı.
Peut-être accepteraient-ils sereinement sa personnalité.
Belki de onun olduğu gibi kalmasını sakince kabul ederlerdi.
Gregor n'aurait alors aucune raison de se fâcher non plus.

O zaman Gregor'un da üzülmek için hiçbir sebebi kalmazdı.

Il y aurait encore assez de temps pour prendre le train.

Treni yakalamak için hâlâ yeterli zaman olurdu.

Cependant, se tenir debout n'était pas une tâche facile.

Ancak, dik durmak hiç de kolay bir iş değildi.

Lors de ses premières tentatives, il a glissé hors de la boîte.

İlk birkaç denemesinde kutunun üzerinden kaydı.

La boîte était trop lisse pour qu'il puisse s'y appuyer.

Kutunun yüzeyi o kadar pürüzsüzdü ki, onun yanından ayakta durması mümkün değildi.

Et finalement, il se donna un dernier effort pour se relever.

Ve sonunda ayağa kalkmak için kendine son bir gayret gösterdi.

Il ne prêta plus attention à la douleur qu'il ressentait à l'abdomen.

Karnındaki ağrıya artık hiç aldırış etmedi.

Peu importe l'intensité de la douleur, il la surmonterait.

Acı ne kadar büyük olursa olsun, üstesinden gelirdi.

Il se laissa tomber contre le dossier d'une chaise voisine.

Yakındaki bir sandalyenin arkasına yaslandı.

Et il s'accrochait aux bords avec ses petites jambes.

Ve küçük bacaklarıyla kenarlara tutundu.

À ce stade, il avait repris le contrôle de lui-même.

Bu noktada kendini daha iyi kontrol altına almıştı.

Et sa chute fut plus silencieuse que la précédente.

Ve onun düşüşü bir öncekinden daha sessiz oldu.

Parce qu'il devait écouter ce que disait le manager.

Çünkü müdürün söylediklerini dinlemek zorundaydı.

« Avez-vous compris quelque chose à tout cela ? » demanda-t-il aux parents.

"Bunlardan herhangi birini anladınız mı?" diye sordu ebeveynlere.

« Il ne se moquerait pas de nous, n'est-ce pas ? »

"Bizi aptal yerine koymazdı, değil mi?"

« Pour l'amour de Dieu ! » s'écria la mère, déjà en larmes.

"Allah aşkına!" diye bağırdı anne, zaten ağlıyordu.

« Il est peut-être gravement malade et nous le tourmentons. »

"Ciddi şekilde hasta olabilir ve biz ona eziyet ediyoruz."

« Grete ! Grete ! » cria-t-elle à sa fille.

"Grete! Grete!" diye bağırdı kızına.

« Maman ? » appela la sœur de l'autre côté.

"Anne?" diye seslendi kız kardeş diğer taraftan.

Ils ont ensuite communiqué par l'intermédiaire de la chambre de Gregor.

Daha sonra Gregor'un odası aracılığıyla iletişim kurdular.

« Gregor est très malade et il a besoin de médicaments. »

"Gregor çok hasta ve ilaç alması gerekiyor."

«Vous devrez aller chez le médecin immédiatement.»

"Hemen doktora gitmeniz gerekecek."

« Tu as entendu comment Gregor parlait tout à l'heure ? »

"Gregor'un az önce nasıl konuştuğunu duydun mu?"

« C'était la voix d'un animal », a déclaré le gérant.

"Bu bir hayvanın sesiydi," dedi müdür.

Ses paroles étaient douces comparées aux cris de la mère.

Onun sözleri, annenin çığlıklarına kıyasla çok daha sessizdi.

« Anna ! Anna ! » appela le père depuis l'antichambre.

"Anna! Anna!" diye seslendi baba antreden.

Et il a claqué des mains pour attirer leur attention.

Ve dikkatlerini çekmek için ellerini çırptı.

« Appelez immédiatement un serrurier ! » ordonna-t-il à la bonne.

"Hemen bir çilingir çağırın!" diye emretti hizmetçiye.

Les filles, en jupes, traversèrent l'antichambre en courant.

Kızlar etekleriyle antreden koşarak geçtiler.

Et leurs jupes bruissaient lorsqu'elles passèrent en courant devant sa chambre.

Odasının önünden koşarlarken etekleri hışırdadı.

« Comment sa sœur a-t-elle fait pour s'habiller si vite ? » se demanda-t-il.

"Kız kardeş nasıl bu kadar çabuk giyindi?" diye düşündü.

La porte a été arrachée, mais elle n'a pas été claquée.

Kapı zorla açılmıştı ama sertçe kapatılmamıştı.

C'est fréquent dans les maisons où survient un grand malheur.

Bu durum, büyük bir felaketin yaşandığı evlerde sıkça görülür.

Mais tout cela avait considérablement apaisé Gregor.

Ama tüm bunlar Gregor'un çok daha sakinleşmesini sağlamıştı.

Quand il entendait ses propres paroles, elles lui paraissaient claires.

Kendi sözlerini duyduğunda, bunlar ona açık ve net görünmüştü.

En fait, il estimait que ses paroles avaient été plus claires.

Aslında sözlerinin daha açık olduğunu düşünüyordu.

Mais les autres ne comprenaient plus ce qu'il disait.

Ama diğerleri artık onun ne dediğini anlamıyordu.

Peut-être s'était-il habitué à ses oreilles à ce moment-là.

Belki de artık kulaklarına alışmıştı.

Mais au moins, ils comprenaient maintenant mieux sa situation.

Ama en azından artık onun durumunu daha iyi anlıyorlardı.

Ils se sont rendu compte qu'il y avait vraiment quelque chose qui n'allait pas chez lui.

Onunla ilgili gerçekten bir sorun olduğunu anladılar.

Et ils faisaient maintenant tout leur possible pour l'aider.

Ve şimdi ona yardım etmek için ellerinden gelen her şeyi yapıyorlardı.

Cela redonna à Gregor un sentiment de confiance qui lui manquait.

Bu durum Gregor'a özlediği özgüven duygusunu kazandırdı.

Et il se sentait de nouveau beaucoup plus en sécurité au sein de sa famille.

Ve aile içinde kendini yeniden çok daha güvende hissetti.

Il avait le sentiment d'être à nouveau intégré au cercle humain.

İnsanlık camiasının bir parçası olduğunu yeniden hissetti.

Il ne lui restait plus qu'à espérer que le serrurier puisse ouvrir la porte.

Şimdi tek umudu çilingirin kapıyı açabilmesiydi.

Et il espérait que le médecin serait capable d'accomplir de telles tâches.
Ve doktorun bu tür görevleri yerine getirebileceğini umuyordu.
Il allait bientôt devoir reprendre la parole.
Yakında tekrar konuşmak zorunda kalacaktı.
Il allait falloir que sa voix soit aussi claire que possible.
Sesinin olabildiğince net olması gerekiyordu.
Pour se préparer à la réunion, il s'éclaircit la gorge.
Toplantıya hazırlanmak için boğazını temizledi.
Il s'efforçait toutefois de tousser très discrètement.
Ancak, elinden geldiğince sadece çok hafifçe öksürmeye çalıştı.
Ce bruit pouvait être différent d'une toux humaine.
Bu ses, insan öksürüğünden farklı gelmiş olabilir.
Il savait qu'il ne pouvait plus faire la différence entre de telles choses.
Artık bu tür şeyleri birbirinden ayırt edemeyeceğini biliyordu.
Dans la pièce voisine, le silence était total.
Yan odada tamamen sessizlik hakim olmuştu.
Les parents étaient probablement assis à table.
Anne ve baba muhtemelen masada oturuyorlardı.
Ils chuchotaient peut-être avec le gérant.
Müdürle fısıldaşıyor olabilirlerdi.
Peut-être que tout le monde était appuyé contre la porte et écoutait.
Belki de herkes kapıya yaslanmış dinliyordu.
Gregor poussa lentement la chaise vers la porte.
Gregor sandalyeyi yavaşça kapıya doğru itti.
Il s'appuya contre la porte et se tint droit.
Kapıya yaslandı ve kendini dik tuttu.
Il a découvert que la plante de ses pieds était légèrement collée.
Ayak tabanlarında az miktarda yapıştırıcı olduğunu öğrendi.
Et il se reposa là un instant, épuisé.
Ve yorgunluktan bir anlığına orada dinlendi.

Après s'être suffisamment reposé, il s'attela à la tâche suivante.

Yeterince dinlendikten sonra, bir sonraki göreve başladı.

Il commença à tourner la clé dans la serrure avec sa bouche.

Ağzıyla kilidin içindeki anahtarı çevirmeye başladı.

Malheureusement, il semblait qu'il n'avait pas de dents.

Ne yazık ki, gerçek dişlerinin olmadığı anlaşıldı.

Mais quel autre moyen avait-il pour s'emparer des clés ?

Peki anahtarları ele geçirmek için başka ne yolu vardı ki?

Heureusement pour lui, ses mâchoires étaient bien sûr très fortes.

Neyse ki çenesi elbette çok güçlüydü.

Grâce à la force de ses mâchoires, il a vraiment réussi à faire bouger la clé.

Çenelerinin yardımıyla anahtarı gerçekten de hareket ettirmeyi başardı.

Il ne doutait pas qu'il se faisait du mal à lui-même également.

Kendine de zarar verdiğinden hiç şüphesi yoktu.

Parce qu'un liquide brunâtre sortait de sa bouche.

Çünkü ağzından kahverengi bir sıvı geliyordu.

Le liquide brunâtre a coulé sur la clé et le long de la porte.

Kahverengi sıvı anahtarın üzerinden akarak kapının aşağısına doğru yayıldı.

Mais Gregor ne se souciait pas de se faire du mal.

Ancak Gregor kendine zarar verdiğini umursamıyordu.

« Vous entendez ça ? » demanda le gérant dans la pièce voisine.

Yan odadaki müdür, "Bunu duyabiliyor musunuz?" dedi.

« Il tourne la clé », avait remarqué le gérant.

"Anahtarı çeviriyor," diye fark etmişti müdür.

Ces paroles furent un grand encouragement pour Gregor.

Bu sözler Gregor için büyük bir cesaret kaynağı oldu.

Mais le père et la mère auraient également dû crier :

Ama anne ve baba da seslerini yükseltmeliydi:

« Bien joué, Gregor ! » auraient-ils dû lui crier.

"Aferin Gregor!" diye bağırmaları gerekirdi ona.

«Continue, continue de tourner la clé, tu peux le faire.»
"Devam et, anahtarı çevirmeye devam et, başarabilirsin."
Mais Gregor dut plutôt imaginer leur enthousiasme.
Ama Gregor onların heyecanını hayal etmek zorunda kaldı.
Il serra les mâchoires de toutes ses forces.
Tüm gücüyle çenesini sıktı.
Et il continua à tourner la clé dans la serrure.
Ve anahtarı kilitte çevirmeye devam etti.
Son corps se tordit douloureusement en un cercle.
Vücudu acı içinde kendi etrafında bir daire çizerek döndü.
Il ne tenait plus debout qu'avec sa bouche.
Artık sadece ağzıyla ayakta durabiliyordu.
Pour continuer à tourner la clé, il appuya contre la porte.
Anahtarı çevirmeye devam etmek için kapıya bastırdı.
Finalement, le claquement de la serrure réveilla de nouveau Gregor.
Sonunda kilidin açılma sesi Gregor'u tekrar uyandırdı.
« Je n'avais donc pas besoin du serrurier », soupira-t-il de soulagement.
"Yani çilingire ihtiyacım yokmuş," diye içini çekti rahatlamış bir şekilde.
Il ne lui restait plus qu'à ouvrir la porte qu'il avait déverrouillée.
Şimdi tek yapması gereken, kilidini açtığı kapıyı açmaktı.
Et, la tête sur la poignée, il ouvrit la porte.
Ve kafasını kapı koluna yaslayarak kapıyı açtı.
Il se trouvait derrière la porte qui donnait sur sa chambre.
Odasına açılan kapının ardındaydı.
La porte était donc déjà ouverte avant même qu'on puisse le voir.
Dolayısıyla o görünmeden önce kapı çoktan açılmıştı.
Il lui fallait ensuite se faufiler autour de la porte elle-même.
Ardından kapının etrafından dolaşmak zorunda kaldı.
Ce mouvement difficile a également nécessité beaucoup d'efforts.
Bu zorlu hareket aynı zamanda çok çaba gerektirdi.

Il ne voulait pas tomber maladroitement dans la pièce voisine.

Yan odaya sakarca düşmek istemiyordu.

Il n'avait donc pas le temps de prêter attention à quoi que ce soit d'autre.

Bu yüzden başka hiçbir şeye dikkat edecek vakti kalmadı.

Mais il entendit alors le chef de bureau s'exclamer bruyamment : « Oh ! »

Ama sonra baş katibin yüksek sesle "Ah!" dediğini duydu.

On aurait dit que le vent soufflait en rafales dans la maison.

Evin içinden adeta rüzgar esiyormuş gibi ses geliyordu.

Il se trouvait être celui qui était le plus proche de la porte.

Kapıya en yakın olan kişi oydu.

Et maintenant, en le voyant, il porta sa main à sa bouche.

Ve şimdi onu görünce elini ağzına götürdü.

Il recula lentement, s'éloignant de Gregor.

Yavaşça geriye doğru, Gregor'dan uzaklaştı.

Mais c'était comme si une force invisible agissait sur lui.

Ama sanki görünmez bir güç onun üzerinde etkili oluyordu.

La première chose que fit la mère fut de regarder le père.

Annenin ilk yaptığı şey babaya bakmak oldu.

Malgré la présence du gérant, ses cheveux étaient en désordre.

Müdür orada olmasına rağmen saçları dağınıktı.

Elle déplia les bras et fit deux pas en avant.

Kollarını açtı ve iki adım ileri attı.

Mais elle s'est effondrée au milieu de sa jupe.

Ama sonra eteğinin ortasında yere yığıldı.

Sa robe s'est étalée tout autour d'elle sur le sol.

Elbisesi yere serilerek etrafına dağıldı.

Et sa tête disparut sur sa poitrine.

Ve başı kendi göğüslerinin üzerine doğru kayboldu.

Le père serra le poing avec une expression hostile.

Baba, düşmanca bir ifadeyle yumruğunu sıktı.

Il semblait vouloir que Gregor soit renvoyé dans sa chambre.

Gregor'u odasına geri itmek istiyor gibiydi.

Il jeta ensuite un regard incertain autour du salon.
Ardından tereddütle oturma odasına bakındı.
Et finalement, il se couvrit les yeux entre ses mains.
Sonunda da elleriyle gözlerini kapattı.
Et il pleura amèrement jusqu'à ce que sa poitrine puissante tremble.
Ve koca göğsü sarsılana kadar hıçkıra hıçkıra ağladı.
Gregor n'est en réalité pas entré dans leur chambre.
Gregor aslında onların odasına hiç girmedi.
Au lieu de cela, il s'appuya contre le cadre de la porte.
Bunun yerine kapı çerçevesine yaslandı.
Seule la moitié de son corps était visible de l'extérieur.
Dışarıdakiler onun vücudunun sadece yarısını görebiliyordu.
Et sur son corps reposait sa tête, inclinée sur le côté.
Ve bedeninin üzerinde, yana doğru eğilmiş başı vardı.
La lumière était désormais devenue beaucoup plus vive qu'auparavant.
Artık ışık eskisinden çok daha parlak hale gelmişti.
On pouvait désormais voir clairement l'autre côté de la rue.
Artık caddenin karşı tarafı net bir şekilde görülebiliyordu.
Une partie de l'hôpital gris et interminable se dévoila.
Sonsuz, gri hastanenin bir bölümü kendini gösterdi.
La pluie matinale n'avait pas encore complètement cessé de tomber.
Sabah yağmuru henüz tamamen dinmemişti.
Mais maintenant, les gouttes de pluie étaient plus grosses et plus espacées.
Ama şimdi yağmur damlaları daha büyüktü ve birbirlerinden daha uzaktaydılar.
Les plats du petit-déjeuner étaient disposés en abondance sur la table.
Kahvaltılık yemekler masada bol miktarda bulunuyordu.
Le père considérait le petit-déjeuner comme le repas le plus important.
Baba, kahvaltıyı en önemli öğün olarak görüyordu.
Le petit-déjeuner était un repas qu'il s'éternisait pendant des heures.

Kahvaltıyı saatlerce uzattığı bir öğündü.

Et pendant ces heures, il lisait les différents journaux.

Bu saatlerde çeşitli gazeteleri okudu.

Juste en face, sur le mur, était accrochée une photo de Gregor.

Tam karşı duvarda Gregor'un bir fotoğrafı asılıydı.

La photographie accrochée au mur le montrait en lieutenant.

Duvardaki fotoğrafta teğmen olarak görünüyordu.

C'était une photo de l'époque où il était dans l'armée.

Bu, askerlik yaptığı dönemden kalma bir fotoğraftı.

Sa main était posée sur son épée, et il arborait un sourire insouciant.

Eli kılıcının üzerindeydi ve yüzünde kaygısız bir gülümseme vardı.

Sa posture et son uniforme imposaient un certain respect.

Duruşu ve üniforması belli bir saygı gerektiriyordu.

L'autre porte qui menait à l'antichambre était également ouverte.

Antreye açılan diğer kapı da açıktı.

Et la porte de l'appartement était encore ouverte elle aussi.

Dairenin kapısı da hâlâ açıktı.

On pouvait voir jusqu'à la cour de l'immeuble.

Apartmanın ön avlusuna kadar her yer görülebiliyordu.

Puis les escaliers descendaient sur la rue en contrebas.

Ve sonra merdivenler aşağıya, sokağa iniyordu.

Gregor était le seul à avoir gardé son sang-froid.

Gregor, soğukkanlılığını koruyan tek kişiydi.

Il a constaté cela, la conversation était donc de sa responsabilité.

Bunu gördü, bu yüzden konuşma onun sorumluluğundaydı.

« Bon, je vais m'habiller pour le travail maintenant », dit-il.

"Şimdi işe gitmek için giyineceğim," dedi.

« Une fois que j'aurai emballé les échantillons de tissu, je partirai. »

"Tekstil örneklerini paketledikten sonra gideceğim."

«Vous comptez toujours me tirer dessus, Monsieur Prokurist ?»

"Beni işten çıkarmayı hâlâ düşünüyor musunuz, Bay
Prokurist?"
« Comme vous pouvez le constater, je ne suis pas aussi têtue
que vous le pensiez. »
"Gördüğünüz gibi, sandığınız kadar inatçı değilim."
« Et vous pouvez constater que j'aime bien travailler, après
tout. »
"Ve gördüğünüz gibi, sonuçta çalışmayı seviyorum."
« Je peux admettre que voyager pour le travail n'est pas
facile. »
"İş için seyahat etmenin kolay olmadığını kabul edebilirim."
« Mais je peux aussi accepter que cela fasse partie de mon
travail. »
"Ama bunun işimin bir parçası olduğunu da kabul
edebiliyorum."
« Chef de projet, où allez-vous ? Retournez-vous au
bureau ? »
"Müdürüm, nereye gidiyorsunuz? Ofise mi?"
« Allez-vous rapporter fidèlement tout ce que vous avez vu ?
»
"Gördüğünüz her şeyi doğru bir şekilde bildirecek misiniz?"
«Il arrive parfois qu'on soit dans l'incapacité d'aller
travailler.»
"Bazen insan işe gidemeyebilir."
« C'est le moment idéal pour se souvenir des succès passés. »
"Geçmişteki başarıları hatırlamanın tam zamanı."
« Une fois la difficulté surmontée, on travaille encore mieux.
»
"Zorluk ortadan kalktıktan sonra, işler daha da iyi gidiyor."
« Ma diligence et ma concentration vont augmenter. »
"Çalışkanlığım ve konsantrasyonum artacak."
«Vous savez très bien que je suis redevable envers le
patron.»
"Patrona borçlu olduğumu çok iyi biliyorsun."
« Mais je suis aussi inquiète pour mes parents et ma sœur. »
"Ama aynı zamanda anne babam ve kız kardeşim için de
endişeleniyorum."

« Je suis dans une situation délicate, mais je vais m'en sortir.
»
"Zor bir durumdayım ama bunun üstesinden geleceğim."
« Ne compliquez pas davantage les choses. »
"Zaten zor olan bu durumu daha da zorlaştırmayın."
« En tant que collègues, nous devons aussi nous entraider. »
"İş arkadaşları olarak birbirimize de yardımcı olmalıyız."
« Je sais que les employés de bureau n'aiment pas les
voyageurs. »
"Biliyorum ki ofis çalışanları seyahat edenlerden
hoşlanmıyor."
«Vous croyez qu'on gagne des fortunes et qu'on mène une
vie confortable.»
"Sizce biz çok para kazanıyor ve iyi bir hayat sürüyoruz."
« Ils n'ont aucune raison valable de tenir compte de leurs
préjugés. »
"Önyargılarını dikkate almaları için gerçek bir sebepleri yok."
« Mais vous, agent habilité, votre rôle est différent. »
"Ancak siz, yetkili memur olarak, farklı bir role sahipsiniz."
«Vous avez une meilleure vue d'ensemble que les autres
membres du personnel.»
"Diğer personele göre daha iyi bir genel bakışa sahipsiniz."
« En fait, je pense que vous avez peut-être la meilleure vue
d'ensemble. »
"Aslında bence en iyi genel bakışa siz sahipsiniz."
«Vous avez une meilleure vision d'ensemble que le patron
lui-même.»
"Patronun kendisinden daha iyi bir genel bakış açısına
sahipsiniz."
« J'admets que c'est le patron qui fait le travail
d'entrepreneur. »
"Patronun girişimcilik işini yaptığını kabul ediyorum."
« Mais il est facile de se tromper dans ses jugements. »
"Ancak onun yargılarının yanıltılması kolaydır."
« Et ces petites erreurs de jugement peuvent nous être
préjudiciables. »
"Ve bu küçük hatalar bizim zararımıza olabilir."

«Vous savez combien il est facile de parler du voyageur.»
"Yolculuk edenler hakkında konuşmanın ne kadar kolay
olduğunu biliyorsunuz."
« Il n'est pas là pour défendre sa réputation contre les
rumeurs. »
"Orada itibarını dedikodulardan korumak için bulunmuyor."
« Ces accusations peuvent très bien n'être que des
coïncidences. »
"Bu suçlamalar kolaylıkla sadece tesadüf olabilir."
« Nombre de ces plaintes ne reposent même sur aucune
vérité. »
"Birçok şikayetin gerçek bir temeli bile yok."
«Il est absent du bureau pendant presque toute l'année.»
"Yılın neredeyse tamamında ofiste değil."
«Quelles chances a-t-il de défendre sa propre réputation ?»
"Kendi itibarını savunmak için ne gibi bir şansı olabilir ki?"
«Il n'a même pas connaissance des accusations.»
"Suçlamaları duymasına bile fırsat bulamıyor."
«Il découvre ce qui a été dit lorsqu'il est trop tard.»
"Söylenenleri ancak çok geç olduğunda öğreniyor."
« À ce stade, il est épuisé par le voyage de la journée. »
"O aşamada günün yolculuğundan dolayı bitkin düşmüş
olur."
« Il devra de toute façon en subir les terribles conséquences.
»
"Her halükarda bu korkunç sonuçları yaşamak zorunda
kalacak."
« Même s'il n'a aucun moyen de comprendre le problème. »
"Sorunu anlamasının hiçbir yolu olmamasına rağmen."
« Oh, manager, ne partez pas sans me dire un mot. »
"Müdürüm, bana bir şey söylemeden gitmeyin lütfen."
«Dites-moi au moins que vous êtes d'accord avec moi en
partie.»
"En azından benimle kısmen aynı fikirde olduğunu söyle."
Mais le directeur s'était détourné de Gregor bien plus tôt.
Ancak menajer, Gregor'dan çok daha önce yüz çevirmişti.
Son épaule tressaillit lorsqu'il se retourna vers Gregor.

Gregor'a baktığında omzu seğirdi.
Et il n'est pas resté immobile une seule fois pendant tout son discours.
Konuşma boyunca bir an bile yerinde durmadı.
Il se retournait vers Gregor, les lèvres pincées.
Dudaklarını büzerek Gregor'a bakıyordu.
Il reculait progressivement vers la porte.
Yavaş yavaş kapıya doğru geri çekiliyordu.
Mais il ne pouvait pas non plus détacher son regard de Gregor.
Ama o da gözlerini Gregor'dan alamıyordu.
Il avait l'impression qu'il lui était secrètement interdit de quitter la pièce.
Odayı terk etmesinin gizlice yasaklandığını hissetti.
Mais à ce stade, il se trouvait déjà dans le hall d'entrée.
Ancak bu aşamada o zaten giriş holündeydi.
Et soudain, il fit un mouvement vers la sortie.
Ve şimdi aniden çıkışa doğru bir hareket yaptı.
Il tendit la main droite vers les escaliers.
Sağ elini merdivenlere doğru uzattı.
Peut-être qu'une force surnaturelle attendait pour le sauver.
Belki de onu kurtarmak için doğaüstü bir güç bekliyordu.
Gregor savait qu'il ne pouvait pas le laisser partir comme ça.
Gregor onun bu şekilde gitmesine izin veremeyeceğini biliyordu.
Le manager ne doit pas revenir dans le même état d'esprit qu'avant.
Yönetici, o anki ruh haliyle geri dönmemeli.
La sécurité de l'emploi de Gregor était fortement menacée.
Gregor'un işinin güvenliği büyük risk altındaydı.
Les parents ne comprenaient pas tout cela.
Anne ve baba tüm bunları tam olarak anlayamadılar.
Au fil des ans, ils s'étaient habitués à sa sécurité d'emploi.
Yıllar geçtikçe onun iş güvencesine alışmışlardı.
Et ils étaient convaincus qu'il avait ce poste à vie.
Ve onun ömür boyu bu işte kalacağına ikna olmuşlardı.
Au lieu de cela, ils s'étaient préoccupés d'autres soucis.

Bunun yerine başka endişelerle meşgul olmaya başlamışlardı.

Mais ces préoccupations leur ont fait perdre toute prévoyance.

Ancak bu endişeler onların öngörülerini tamamen kaybetmelerine yol açtı.

Gregor, cependant, n'avait pas perdu la clairvoyance de ses parents.

Gregor ise ebeveynlerinin öngörüsünü kaybetmemişti.

Il a fallu que quelqu'un arrête le représentant autorisé.

Birinin yetkili temsilciyi durdurması gerekiyordu.

Il allait devoir le calmer et le convaincre.

Onu sakinleştirmesi ve ikna etmesi gerekecekti.

L'avenir de Gregor et de sa famille en dépendait !

Gregor ve ailesinin geleceği buna bağlıydı!

Si seulement sa sœur intelligente avait été là pour l'aider.

Keşke zeki kız kardeş burada olup yardım edebilseydi.

Elle avait déjà pleuré alors que Gregor était encore dans sa chambre.

Gregor daha odasındayken o çoktan ağlamıştı.

À ce moment-là, il était simplement allongé tranquillement sur le dos.

O sırada sırtüstü sessizce yatıyordu.

Elle connaissait déjà l'importance de la situation à ce moment-là.

O zaman bile durumun önemini biliyordu.

Le directeur était connu pour avoir un faible pour les femmes.

Müdürün kadınlara karşı bilinen bir zaafı vardı.

Elle aurait facilement pu le persuader de rester plus longtemps.

Onu daha uzun süre kalmaya kolayca ikna edebilirdi.

Elle aurait fermé la porte et l'aurait fait rentrer.

Kapıyı kapatıp onu içeriye geri yönlendirirdi.

Mais malheureusement, sa sœur était partie chercher un médecin.

Ama ne yazık ki kız kardeş doktora gitmişti.

Gregor n'avait donc pas d'autre choix que de le faire lui-même.

Bu nedenle Gregor'un bunu bizzat kendisinin yapmaktan başka seçeneği yoktu.

Il n'avait pas réfléchi à quelles étaient réellement ses capacités.

Gerçek yeteneklerinin ne olduğunu hiç düşünmemişti.

Et il avait oublié de se méfier de sa capacité à parler.

Ve konuşma yeteneğine olan güvensizliğini unutmuştu.

Mais il a néanmoins quitté la sécurité de sa chambre.

Ama yine de odasının güvenli ortamını terk etti.

Et il se faufila par l'ouverture de la pièce.

Ve odanın girişinden kendini zorla içeri itti.

Le directeur était déjà en train de descendre les escaliers.

Müdür çoktan merdivenlerden aşağı inmeye başlamıştı.

Mais il s'accrochait à la rambarde à deux mains.

Ama o, iki eliyle de korkuluklara tutunuyordu.

Gregor tomba en se poussant à travers la porte.

Gregor kapıdan geçerken düştü.

Il laissa échapper un petit cri en cherchant un appui.

Destek ararken hafifçe çığlık attı.

Mais au lieu de paniquer, il a ressenti un bien-être physique.

Ancak paniklemek yerine, fiziksel bir iyilik hali hissetti.

Pour la première fois ce matin-là, quelque chose semblait juste.

O sabah ilk defa bir şeyler yolunda gibi geldi.

Il avait désormais toutes les jambes bien ancrées au sol.

Artık bacaklarının her birinin altında sağlam bir zemin vardı.

Il était surpris de constater à quel point il contrôlait bien ses jambes.

Bacaklarını ne kadar iyi kontrol edebildiğine şaşırdı.

Il était heureux de constater que ses jambes lui obéissaient parfaitement.

Bacaklarının kendisine tamamen itaat ettiğini fark etmek onu mutlu etti.

En réalité, ses jambes le portaient partout où il le voulait.

Aslında bacakları onu istediği yere götürüyordu.

Bientôt, tous ses chagrins allaient prendre fin.
Yakında tüm üzüntülerinin sona ermesi kaçınılmazdı.
Mais au même moment, sa propre mère se leva d'un bond.
Ama tam o anda kendi annesi de ayağa fırladı.
Ses bras étaient tendus et ses doigts écartés.
Kollarını açmış, parmaklarını açmıştı.
Et elle s'est écriée : « Au secours ! Au nom de Dieu, que quelqu'un m'aide ! »
Ve "Yardım edin, Tanrı aşkına biri yardım etsin!" diye bağırdı.
Elle inclina la tête ; elle voulait mieux voir Gregor.
Başını yana eğdi; Gregor'u daha iyi görmek istiyordu.
Mais contrairement à sa première action, elle est revenue en courant.
Ancak ilk hareketinin aksine, geri koştu.
Elle avait oublié que la table était mise derrière elle.
Masanın arkasında kurulu olduğunu unutmuştu.
Tout ce qui était prévu pour le petit-déjeuner était encore sur la table.
Kahvaltı için hazırlanan her şey hâlâ masanın üzerindeydi.
Elle s'assit précipitamment sur la table, comme distraite.
Sanki dikkati dağılmış gibi aceleyle masaya oturdu.
Et elle n'a pas semblé remarquer le café renversé.
Ve dökülen kahveyi fark etmemiş gibiydi.
Le café était maintenant en train d'imbiber la moquette.
Kahve artık halıya iyice işlemişti.
« Maman, maman », dit doucement Gregor en levant les yeux vers elle.
"Anne, anne," dedi Gregor usulca, ona bakarak.
Pour le moment, le manager ne lui importait pas.
Şu an için yönetici onun için önemli değildi.
Mais il y avait aussi le café qui coulait sur la moquette.
Ama bir de halıya kahve damlıyordu.
Gregor n'a pas pu s'empêcher de claquer des dents devant le café.
Gregor kahveye olan düşkünlüğünü gizleyemedi ve çenesini şaklattı.
La mère se remit à pleurer à cause de son comportement.

Annesi, oğlunun bu davranışından dolayı tekrar ağlamaya
başladı.

Elle a sauté de la table pour prendre ses distances avec lui.

Ondan uzaklaşmak için masadan atladı.

Et elle s'est réfugiée dans les bras de son père.

Ve kız çocuğu, güvenliğe kavuşmak için babasının kollarına
koştu.

Mais Gregor n'avait plus de temps à consacrer à ses parents.

Ama Gregor'un artık anne babasına ayıracak vakti yoktu.

L'agent habilité se trouvait déjà dans l'escalier.

Yetkili memur zaten merdivenlerdeydi.

**Il avait le menton appuyé sur la rambarde, pour regarder à
l'intérieur de la maison.**

Çenesini korkuluğa dayamış, evin içine bakıyordu.

**Apparemment, il voulait jeter un dernier coup d'œil au
spectacle.**

Görünüşe göre bu gösteriyi son bir kez daha izlemek istemiş.

Et Gregor fit un dernier effort pour joindre le directeur.

Gregor da müdüre ulaşmak için son bir girişimde bulundu.

Il courut vers la porte aussi prudemment qu'il le put.

Mümkün olduğunca güvenli bir şekilde kapıya doğru koştu.

Mais le chef de bureau devait se douter de quelque chose.

Ama baş katip bir şeylerden şüphelenmiş olmalıydı.

Parce qu'il a descendu quelques marches et a disparu.

Çünkü birkaç basamak aşağı atladı ve gözden kayboldu.

**« Hein ! » s'écria Gregor, sa voix résonnant dans la cage
d'escalier.**

"Hıh!" diye bağırdı Gregor, sesi merdiven boşluğunda
yankılandı.

La fuite du manager sembla également déconcerter son père.

Müdürün kaçışı babasını da şaşırtmış gibiydi.

Jusque-là, il était parvenu à garder son calme.

O ana kadar oldukça sakin kalmayı başarmıştı.

**Mais malheureusement, lui aussi a perdu le sang-froid qu'il
avait eu.**

Ama ne yazık ki o da sahip olduğu soğukkanlılığı kaybetti.

Il aurait dû aider Gregor dans sa quête.

Yapması gereken şey Gregor'a bu arayışında yardımcı olmaktı.

Mais, d'une main, il saisit la canne du directeur.

Ama o, müdürün bastonunu tek eliyle kavradı.

Et dans l'autre main, il tenait maintenant un journal.

Diğer elinde ise bir gazete tutuyordu.

Et il entravait désormais directement Gregor dans sa poursuite.

Ve böylece Gregor'un bu arayışına doğrudan engel oldu.

Il s'était placé entre Gregor et la rue.

Kendini Gregor ile sokak arasına yerleştirmişti.

Il tapa du pied et agita le bâton et le journal.

Ayaklarını yere vurdu, elindeki sopayı ve gazeteyi salladı.

Et il forçait activement Gregor à retourner dans sa chambre.

Ve Gregor'u aktif olarak odasına geri dönmeye zorluyordu.

Aucune des demandes formulées par Gregor n'a été utile.

Gregor'un yaptığı hiçbir talep işe yaramadı.

Parce qu'aucune de ses demandes n'a été comprise.

Çünkü yaptığı isteklerin hiçbiri anlaşılmadı.

Il tourna la tête vers un angle plus profond et plus humble.

Başını daha derin, daha alçakgönüllü bir açıya çevirdi.

Mais son père répondit en tapant du pied encore plus fort.

Ama babası ayaklarını daha da sertçe yere vurarak karşılık verdi.

La mère ouvrit une fenêtre, malgré la fraîcheur ambiante.

Anne, hava soğuk olmasına rağmen bir pencere açtı.

Et elle enfouit son visage dans ses mains froides.

Ve soğukta yüzünü ellerine gömdü.

Le vent pouvait désormais traverser tout l'appartement.

Rüzgar artık dairenin tamamından geçebiliyordu.

Un fort courant d'air soufflait de l'escalier vers la ruelle.

Merdivenlerden sokağa doğru güçlü bir rüzgar esiyordu.

Les rideaux claquaient sous l'effet du vent violent.

Güçlü rüzgar perdeleri savuruyordu.

Et le journal posé sur la table bruissait dans le vent.

Masadaki gazete rüzgarda hışırdadı.

Même des feuilles ont été soufflées à l'intérieur de la maison depuis l'extérieur.

Hatta dışarıdan içeriye bazı yapraklar bile uçmuştu.

Le père tapa du pied et poussa sans relâche.

Baba ayaklarını yere vurdu ve amansızca itti.

Et il sifflait et émettait des bruits comme un homme sauvage.

Ve vahşi bir adamın çıkarabileceği gibi tısladı ve sesler çıkardı.

Mais Gregor ne s'était pas encore entraîné à marcher à reculons.

Ancak Gregor henüz geriye doğru yürümeyi öğrenmemişti.

Même Gregor admettrait que ce mouvement était beaucoup plus lent.

Gregor bile bu hareketin çok daha yavaş olduğunu kabul ederdi.

Tout ce qu'il souhaitait, c'était avoir la possibilité de faire demi-tour.

Oysa onun tek istediği, geri dönme fırsatıydı.

Il serait alors allé directement dans sa chambre.

O zaman hemen odasına giderdi.

Mais il avait trop peur d'impatienter son père.

Ama babasını sabırsızlandırmaktan çok korkuyordu.

Et il y avait la menace d'un coup de bâton.

Ve bir de sopayla vurma tehdidi vardı.

Un tel coup à l'arrière de la tête pourrait être fatal.

Kafanın arka kısmına gelen böyle bir darbe ölümcül olabilir.

Mais finalement, Gregor n'avait pas d'autre choix.

Ama sonunda Gregor'un başka seçeneği kalmadı.

Il s'est rendu compte qu'il ne pouvait même plus marcher droit à reculons.

Geriye doğru bile düzgün yürüyemediğini fark etti.

Il commença à se retourner aussi vite qu'il le put.

Olabildiğince hızlı bir şekilde arkasını dönmeye başladı.

Mais en réalité, ce mouvement de rotation était tout aussi lent.

Ama gerçekte bu dönüş hareketi de aynı derecede yavaştı.

Et il fut suivi des regards anxieux du père.
Babası da endişeli bakışlarla onu takip etti.
Peut-être le père avait-il remarqué les bonnes intentions de Gregor.
Belki de baba, Gregor'un iyi niyetini fark etmiştir.
Parce qu'il ne l'a pas empêché de se retourner.
Çünkü onun arkasını dönmesine engel olmadı.
Il a même utilisé le bout de son bâton pour guider la rotation.
Hatta dönüş hareketini yönlendirmek için sopasının ucunu bile kullandı.
Mais Gregor aurait préféré que son père ne lui ait pas sifflé dessus !
Ama Gregor yine de babasının kendisine tıslamamasını diledi!
Le sifflement ne fit qu'ajouter à la confusion du moment.
Tıslama sesi, o anki kafa karışıklığını daha da artırdı.
Puis il a commis une erreur et a tourné dans la mauvaise direction.
Sonra bir hata yaptı ve yanlış yöne döndü.
Finalement, il a réussi à se tourner dans la bonne direction.
Sonunda doğru yöne bakmayı başardı.
Et il était satisfait des progrès qu'il avait accomplis.
Ve kaydettiği ilerlemeden memnundu.
Mais un autre problème est alors devenu encore plus évident.
Ancak daha sonra bir sonraki sorun daha da belirgin hale geldi.
Son corps était trop large pour passer facilement la porte.
Vücut yapısı kapıdan rahatça geçemeyecek kadar genişti.
Dans son état actuel, le père ne s'en est pas aperçu.
Şu anki durumunda baba bunu fark etmedi.
Il ne lui vint donc pas à l'esprit d'ouvrir davantage la porte.
Dolayısıyla kapıyı daha fazla açmak aklına bile gelmedi.
Il y aurait alors eu suffisamment de place pour Gregor.
O zaman Gregor için yeterli yer olurdu.
Sa seule priorité était de faire entrer Gregor dans sa chambre.

Onun tek önceliği Gregor'u odasına sokmaktı.

Il aurait dû se lever pour passer la porte.

Kapıdan geçebilmek için ayağa kalkması gerekirdi.

Mais le père n'aurait pas permis une telle manœuvre.

Ancak baba böyle bir manevraya izin vermezdi.

En fait, il le sifflait encore plus sauvagement qu'avant.

Hatta ona daha öncekinden bile daha vahşi bir şekilde tıslıyordu.

On aurait dit qu'il y avait plus d'un homme qui lui sifflait dessus.

Ona tıslayan tek bir adamdan daha fazlası gibi geliyordu.

Ses revendications semblaient revêtir une nouvelle urgence.

Taleplerinin ardında yeni bir aciliyet varmış gibi görünüyordu.

Il n'y avait vraiment plus de temps à perdre.

Artık oyalanacak vakit kalmamıştı.

Quoi qu'il arrive, Gregor devait franchir la porte.

Ne olursa olsun, Gregor kapıdan geçmek zorundaydı.

Il s'est imposé sans aucun égard pour lui-même.

Kendini hiç önemsemeden, tüm gücüyle mücadele etti.

Un côté de son corps fut projeté vers le haut par le mouvement.

Hareketin etkisiyle vücudunun bir tarafı yukarı doğru kalktı.

Et il était allongé de travers, maladroitement, dans l'embrasure de la porte.

Kapı aralığının arasında garip ve çarpık bir şekilde uzandı.

Un de ses flancs était à vif à cause du frottement contre le bois.

Yan taraflarından biri tahtaya sürtünerek yara olmuştu.

Et il avait laissé des taches disgracieuses sur la porte peinte en blanc.

Ve beyaz boyalı kapıya çirkin lekeler bırakmıştı.

Les jambes d'un de ses côtés pendaient en tremblant dans le vide.

Vücudunun bir tarafındaki bacakları havada titreyerek sarkıyordu.

Ses autres jambes étaient douloureusement enfoncées dans le sol.
Diğer bacakları da acı verici bir şekilde yere bastırılmıştı.
Bientôt, il allait se retrouver complètement coincé entre la porte et le mur.
Çok yakında tamamen kapının arasına sıkışıp kalacaktı.
Et alors, il n'aurait plus pu bouger du tout.
O zaman hiç hareket edemezdi.
Mais le père lui a donné une forte impulsion véritablement libératrice.
Ama baba ona gerçekten özgürleştirici, güçlü bir itme verdi.
Et il tomba, ensanglanté, loin dans sa chambre.
Ve kanlar içinde odasının derinliklerine doğru yere yığıldı.
Le père claqua la porte derrière lui avec sa canne.
Baba, elindeki bastonla kapıyı arkasından sertçe çarptı.
Et puis, enfin, le calme et la tranquillité revinrent.
Ve sonunda yeniden biraz huzur ve sessizlik oldu.

<h1 style="text-align:center">Deuxième partie</h1>

İkinci Bölüm

Gregor ne s'est réveillé que bien plus tard dans la journée.

Gregor günün çok daha geç saatlerine kadar uyanmadı.

Le crépuscule était tombé ; il avait dormi profondément, inconsciemment.

Akşam karanlığı çökmüştü; derin ve bilinçsiz bir uykuya dalmıştı.

Il se serait réveillé même sans avoir été dérangé.

Rahatsız edilmese bile uyanırdı.

Parce qu'il se sentait suffisamment reposé et avait bien dormi.

Çünkü gerçekten de yeterince dinlenmiş ve iyi uyumuş hissediyordu.

Mais il crut entendre quelques pas furtifs à l'extérieur.

Ama dışarıdan birkaç ayak sesi duyduğunu sandı.

Et quelqu'un aurait pu refermer soigneusement la porte d'entrée.

Ve birisi ön kapıyı dikkatlice kapatmış olabilir.

La lumière du tramway électrique se projetait faiblement au plafond.

Elektrikli tramvayın ışığı tavanda soluk bir şekilde yansıyordu.

Le dessus du meuble a également reçu un peu de lumière.

Mobilyaların üst kısımları da biraz ışık aldı.

Mais en bas, au niveau de Gregor, il faisait sombre.

Ama aşağıda, Gregor'un bulunduğu seviyede, hava karanlıktı.

Ses jambes le poussèrent lentement de nouveau vers la porte.

Bacakları onu yavaşça tekrar kapıya doğru itti.

Il était très curieux de voir ce qui s'était passé là-bas.

Orada neler olup bittiğini görmek için çok meraklıydı.

Mais le contrôle de ses antennes n'était pas encore développé.

Ancak antenlerini kontrol etme yeteneği henüz gelişmemişti.

Bien qu'il ait commencé à apprécier ces nouveaux capteurs.

Her ne kadar bu yeni sensörleri takdir etmeye başlamış olsa
da.
**Une longue et disgracieuse cicatrice semblait lui barrer le
flanc gauche.**
Sol tarafında uzun ve hoş olmayan bir yara izi vardı.
**La cicatrice lui donnait l'impression de contracter ce côté de
son corps.**
Yara izi, vücudunun o tarafını sıkıştırıyormuş gibi
hissettiriyordu.
**Il devait donc littéralement boiter en s'appuyant sur ses
deux rangées de pattes.**
Bu yüzden kelimenin tam anlamıyla iki sıra bacağı üzerinde
topallayarak yürümek zorunda kaldı.
L'une de ses jambes avait été grièvement blessée ce matin-là.
O sabah bacaklarından biri ciddi şekilde yaralanmıştı.
**C'était vraiment un miracle qu'il ne se soit pas cassé plus de
jambes.**
Daha fazla bacağını kırmamış olması gerçekten bir mucizeydi.
Et il traîna donc sa jambe blessée, inerte, derrière lui.
Ve böylece yaralı bacağını cansız bir şekilde arkasından
sürükledi.
**Lorsqu'il atteignit la porte, il réalisa quelque chose de
profond.**
Kapıya vardığında çok önemli bir şeyi fark etti.
C'était l'odeur de quelque chose qui l'avait attiré là.
Onu oraya çeken bir şeyin kokusuydu.
**Quelque chose de comestible avait été laissé pour Gregor
dans sa chambre.**
Gregor'un odasında onun için yenilebilir bir şeyler
bırakılmıştı.
**Des morceaux de pain blanc flottant dans un bol de lait
sucré.**
Tatlı süt dolu bir kasede yüzen beyaz ekmek parçaları.
Il pouvait à peine contenir la joie qui l'habitait.
İçindeki sevinci zorlukla kontrol edebiliyordu.
Il avait encore plus faim maintenant que le matin.
Sabah olduğundan daha da acıkmıştı şimdi.

Il plongea aussitôt la tête dans le bol de lait.
Hemen başını süt dolu kaseye daldırdı.
Le lait lui recouvrait presque toute la tête, jusqu'aux yeux.
Süt neredeyse başının tamamını, gözlerine kadar kaplamıştı.
Mais il a rapidement retiré sa tête, amèrement déçu.
Ama kısa süre sonra başını geri çekti, büyük bir hayal kırıklığı
içindeydi.
**L'alimentation était difficile en raison de la fragilité de son
côté gauche.**
Sol tarafının hassasiyeti nedeniyle yemek yemekte
zorlanıyordu.
Et il ne pouvait manger qu'en haletant de tout son corps.
Ve ancak tüm vücuduyla nefes nefese kalarak yemek
yiyebiliyordu.
Mais ce n'était pas la véritable raison de sa déception.
Ama hayal kırıklığının gerçek sebebi bu değildi.
Le lait avait toujours été l'un de ses plats préférés.
Süt, her zaman en sevdiği yiyeceklerden biri olmuştur.
Il ne doutait pas que sa sœur s'en souvenait.
Kız kardeşinin bunu hatırladığından hiç şüphesi yoktu.
Et c'est pour cela qu'elle lui avait donné du lait.
İşte bu yüzden ona süt vermişti.
Il n'a pas su expliquer pourquoi il n'aimait plus le lait.
Sütü neden artık sevmediğini açıklayamadı.
Et il se détourna du bol presque à contrecœur.
Ve neredeyse isteksizce kaseden uzaklaştı.
Déçu, il retourna en rampant au milieu de la pièce.
Hayal kırıklığına uğrayarak odanın ortasına doğru sürünerek
geri döndü.
De là, il pouvait voir à travers la fente de la porte.
Kapı aralığından içeriyi görebiliyordu.
Il pouvait voir que le feu était allumé dans le salon.
Salondaki şöminenin yandığını görebiliyordu.
Habituellement, à cette heure-ci, le père lisait le journal.
Genellikle bu saatlerde baba gazete okurdu.
Il avait toujours l'habitude de lire à sa mère à voix haute.
Annesine her zaman yüksek sesle kitap okurdu.

Parfois, la sœur écoutait aussi les conversations du père.
Bazen kız kardeş de babayı dinlerdi.
Elle avait toujours parlé à Gregor de ces lectures à voix haute.
O, bu sesli okuma etkinliğinden her zaman Gregor'a bahsederdi.
Mais aujourd'hui, aucun son ne provenait de la pièce.
Ama bugün odadan hiçbir ses gelmiyordu.
Peut-être cette habitude s'était-elle déjà perdue.
Belki de bu alışkanlık artık uygulanmıyordu.
Un silence profond s'était installé dans tout l'appartement.
Dairenin tamamına derin bir sessizlik çökmüştü.
Bien qu'il sût que l'appartement n'était certainement pas vide.
Dairenin kesinlikle boş olmadığını bilmesine rağmen.
« Quelle vie tranquille mène cette famille », pensa Gregor.
"Ne kadar da sakin bir hayat sürüyorlar aile," diye düşündü Gregor.
Et il fixa l'obscurité avec une grande fierté.
Ve büyük bir gururla karanlığa baktı.
Il était fier de la vie qu'il avait pu leur offrir.
Onlara sunabildiği hayattan gurur duyuyordu.
Il était fier du bel appartement qu'ils occupaient.
Yaşadıkları güzel daireyle gurur duyuyordu.
Mais cette paix était-elle sur le point de connaître une fin tragique ?
Peki tüm bu huzur korkunç bir sonla mı bitecekti?
Allait-on leur ravir leur prospérité ?
Refahları ellerinden mi alınacaktı?
Leur bonheur était-il désormais incertain pour l'avenir ?
Artık gelecekleri belirsiz miydi?
Mais il ne voulait pas se perdre dans de telles pensées.
Ama o, bu tür düşüncelere dalmak istemiyordu.
Pour s'occuper, il grimpait et descendait les murs.
Kendini meşgul etmek için duvarlarda sürünerek yukarı aşağı hareket etti.
Durant cette longue soirée, une porte était entrouverte.

Uzun akşam boyunca kapılardan biri hafifçe aralıktı.
Et à un autre moment, l'autre porte s'ouvrit légèrement.
Bir başka zaman da diğer kapı biraz aralandı.
Mais à chaque fois, les portes se sont refermées aussitôt.
Ancak her iki seferde de kapılar hızla tekrar kapatıldı.
De toute évidence, quelqu'un à l'extérieur souhaitait entrer.
Belli ki dışarıdan birileri içeri girme isteği duymuş.
Mais ils avaient aussi trop d'inquiétudes à l'idée de venir.
Ancak içeri girmek konusunda da çok fazla endişeleri vardı.
Gregor s'arrêta alors net devant la porte du salon.
Gregor tam oturma odasının kapısında durdu.
Il était déterminé à trouver un moyen de tenter le visiteur hésitant.
O, tereddüt eden ziyaretçiyi bir şekilde cezbetmeye kararlıydı.
Il voulait aussi savoir qui était le visiteur.
Ayrıca ziyaretçinin kim olduğunu da öğrenmek istiyordu.
Mais ce soir-là, la porte ne fut pas ouverte une troisième fois.
Fakat o akşam kapı üçüncü kez açılmadı.
Et Gregor passa son temps à attendre en vain près de la porte.
Gregor kapının önünde boş yere bekledi.
Plus tôt dans la journée, ils avaient tous voulu entrer dans la pièce.
O günün erken saatlerinde hepsi odaya girmek istemişti.
Maintenant que les portes étaient déverrouillées, ce serait plus facile pour eux.
Kapılar artık açık olduğuna göre işleri daha kolay olacaktı.
Mais ils ont choisi de rester de l'autre côté de la pièce.
Ama onlar odanın diğer tarafında kalmayı tercih ettiler.
Gregor remarqua que les clés n'étaient plus dans leurs serrures.
Gregor anahtarların artık kilitlerde olmadığını fark etti.
Quelqu'un a dû déplacer les clés vers la serrure extérieure.
Birisi dış kapı kilidinin anahtarlarını yerinden oynatmış olmalı.
Ce n'est que tard dans la nuit que la lumière du salon était éteinte.

Salonun ışığı ancak gece geç saatlerde kapatılırdı.
La famille a dû rester éveillée tout ce temps.
Ailenin tüm süre boyunca uyanık kalmış olması gerekiyor.
Et Gregor pouvait clairement les entendre s'éloigner sur la pointe des pieds.
Gregor onların sessizce uzaklaştıklarını açıkça duyabiliyordu.
Désormais, personne n'allait venir voir Gregor avant le lendemain matin.
Artık sabaha kadar kimse Gregor'un yanına gelmeyecekti.
Il eut donc tout le temps d'être seul, de réfléchir en toute tranquillité.
Bu sayede uzunca bir süre yalnız kaldı ve rahatsız edilmeden düşünme fırsatı buldu.
Quelle serait la meilleure façon de réorganiser sa vie maintenant ?
Hayatını yeniden düzenlemenin en iyi yolu ne olurdu?
Mais les hauts murs de la pièce vide l'effrayaient.
Fakat boş odanın yüksek duvarları onu korkuttu.
Il n'avait pas d'autre choix que de s'allonger à plat ventre sur le sol.
Yere uzanmaktan başka çaresi yoktu.
Et il n'a jamais trouvé la cause de sa peur dans cet espace.
Ve o, korkusunun nedenini o mekânda asla bulamadı.
C'était la même pièce où il avait vécu pendant cinq ans.
Beş yıldır yaşadığı aynı odaydı.
Semi-consciemment, il fit un mouvement vers le canapé.
Yarı bilinçli bir şekilde kanepeye doğru bir hareket yaptı.
Et sans aucune honte, il se cacha sous le canapé.
Ve hiç utanmadan kendini kanepenin altına sakladı.
Là-bas, il se sentit immédiatement de nouveau très à l'aise.
Aşağı indiğinde kendini hemen yeniden çok rahat hissetti.
Bien que son dos soit un peu comprimé.
Sırtı biraz ağrımasına rağmen.
Il ne pouvait plus non plus lever la tête sous le canapé.
Artık kanepenin altından başını kaldıramıyordu.
Mais même cela, il préférait éviter de se trouver dans un espace ouvert.

Ama o, açık bir alanda bulunmaktan ziyade bunu tercih ederdi.

Il regrettait toutefois que son corps soit si large.

Ancak vücudunun bu kadar geniş olmasından pişmanlık duyuyordu.

Le canapé ne pouvait pas recouvrir entièrement son corps.

Kanepe vücudunun tamamını örtemiyordu.

Il est resté sous le canapé toute la nuit.

Bütün geceyi kanepenin altında geçirdi.

Il passa la nuit à moitié endormi, troublé par sa faim.

Geceyi açlığının verdiği huzursuzlukla yarı uykulu geçirdi.

Et le temps qu'il passait éveillé, il le consacrait soit à s'inquiéter, soit à espérer.

Uyanık kaldığı zamanların çoğunu ya endişelenerek ya da umutlanarak geçirdi.

Mais tous ses vagues espoirs menaient à la même conclusion.

Ama tüm belirsiz umutları aynı sonuca götürdü.

Il n'avait d'autre choix que de rester silencieux pour le moment.

O an için sessiz kalmaktan başka çaresi yoktu.

Il devait faire preuve de patience et de considération envers la famille.

Aileye karşı sabırlı ve anlayışlı olmak zorundaydı.

C'était le seul moyen de rendre ce désagrément supportable.

Bu, yaşanan rahatsızlığı katlanılabilir kılmanın tek yoluydu.

Le désagrément qu'il imposait désormais à la famille.

Şimdi aileye yaşattığı rahatsızlık.

Il n'a pas eu à attendre longtemps pour prouver sa compassion.

Merhametini kanıtlamak için uzun süre beklemesine gerek kalmadı.

Tôt le matin, sa sœur jeta un coup d'œil dans sa chambre.

Sabahın erken saatlerinde kız kardeş onun odasına baktı.

En réalité, c'était autant la nuit que le matin.

Aslında gece kadar sabah da olmuştu.

Elle était entièrement habillée et semblait éprouver de l'excitation.
Üzerindeki kıyafetlerin tamamı giyinmişti ve heyecanlı görünüyordu.
La solidité de sa décision nouvellement prise pourrait être mise à l'épreuve.
Aldığı yeni kararın doğruluğu sınanabilir.
Elle ne l'a pas immédiatement repéré au premier coup d'œil.
Onu ilk bakışta hemen bulamadı.
Il devait forcément être quelque part ; il n'aurait pas pu s'envoler.
Bir yere gitmesi gerekiyordu; uçup gitmiş olamazdı.
Puis son regard parcourut une seconde fois la pièce.
Ama sonra gözleri odayı bir kez daha taradı.
Et cette fois, elle a aperçu son torse sous le canapé.
Bu sefer de onun gövdesini kanepenin altında fark etti.
Elle était si effrayée qu'elle a perdu tout contrôle d'elle-même.
O kadar korkmuştu ki, kendini tamamen kaybetti.
Et sa première réaction fut de claquer la porte à nouveau.
Ve ilk tepkisi kapıyı tekrar sertçe kapatmak oldu.
Mais elle a aussi semblé immédiatement regretter son comportement.
Ancak davranışından hemen pişman olmuş gibi görünüyordu.
Aussitôt qu'elle eut claqué la porte, elle la rouvrit.
Kapıyı çarptığı anda tekrar açtı.
Et cette fois, elle entra dans la pièce sur la pointe des pieds.
Bu sefer de usulca, parmak uçlarında odaya girdi.
Elle se déplaçait comme si elle rendait visite à une personne gravement malade.
Sanki çok hasta birini ziyaret ediyormuş gibi hareket etti.
Ou bien elle rendait visite à un parfait inconnu.
Ya da tamamen yabancı birini ziyaret ediyor olabilirdi.
Gregor poussa sa tête presque jusqu'au bord du canapé.
Gregor başını neredeyse koltuğun kenarına kadar uzattı.
Et, caché sous le coffre-fort, il l'observait dans la pièce.
Kasanın altından onu odada izledi.

Allait-elle remarquer qu'il avait oublié le lait ?
Sütü bıraktığını fark edecek miydi?
Il n'avait pas laissé le lait par manque de faim.
Sütü bırakmasının sebebi açlıktan kaynaklanmıyordu.
Allait-elle lui apporter un autre plat ?
Acaba ona farklı bir yemek mi getirecekti?
Peut-être un plat qui corresponde mieux à ses goûts.
Belki de onun zevkine daha uygun bir yemekti.
Mais elle aurait dû remarquer elle-même son appétit.
Ama onun iştahını kendisinin fark etmesi gerekirdi.
Il aurait préféré mourir de faim plutôt que de lui en parler.
Onun bu durumdan haberdar olmasındansa aç kalmayı tercih
ederdi.
En réalité, il aurait beaucoup aimé le lui dire.
Aslında ona söylemeyi çok isterdi.
Il était vraiment tenté de tirer sur lui depuis sous le canapé.
Kanepenin altından fırlayıp ateş etme isteği gerçekten çok
yoğundu.
Il avait envie de se jeter aux pieds de sa sœur.
Kendini kız kardeşinin ayaklarının dibine atmak istiyordu.
Et il voulait lui demander quelque chose de bon à manger.
Ve ondan yemek için güzel bir şeyler istemek istedi.
Mais la sœur regarda alors le bol de lait.
Ama sonra kız kardeş süt kasesine doğru baktı.
Elle remarqua aussitôt que le bol était encore plein.
Kadın hemen kasenin hala dolu olduğunu fark etti.
Elle était plutôt surprise que Gregor n'ait rien mangé.
Gregor'un hiçbir şey yememiş olmasına oldukça şaşırmıştı.
Seul un peu de lait avait été renversé sur le sol.
Yere sadece biraz süt dökülmüştü.
Elle a aussitôt ramassé le bol et l'a emporté.
Kadın hemen kaseyi alıp dışarı taşıdı.
Il vit qu'elle ne ramassait pas le bol à mains nues.
Kadının kaseyi çıplak elleriyle almadığını gördü.
Au lieu de cela, elle ramassa le bol à l'aide d'un des chiffons.
Bunun yerine bezlerden birini kullanarak kaseyi kaldırdı.
Mais Gregor oublia très vite ce petit détail.

Ancak Gregor bu küçük ayrıntıyı çok çabuk unuttu.
Il était désormais beaucoup plus enthousiaste à propos d'autre chose.
Şimdi başka bir şey için çok daha heyecanlıydı.
Qu'est-ce qu'elle pourrait apporter à la place du lait ?
Sütün yerine ne getirebilir acaba?
Il avait diverses idées sur ce qu'elle pourrait apporter.
Kadının ne getirebileceği konusunda çeşitli düşünceleri vardı.
Mais la gentillesse de sa sœur a dépassé ses espérances.
Ama kız kardeşinin iyiliği onun beklentilerini aştı.
Elle comprit qu'elle devait tester ses nouveaux goûts.
Onun yeni zevklerinin neler olduğunu test etmesi gerektiğini fark etti.
Elle a donc apporté toute une sélection de plats différents.
Bu yüzden yanında çok çeşitli yiyecekler getirdi.
Légumes à moitié pourris, os du repas du soir.
Yarı çürümüş sebzeler, akşam yemeğinden kalan kemikler.
De la sauce solidifiée provenant de leur autre repas.
Yedikleri diğer yemekten kalan katılaşmış sos.
Quelques raisins secs, des amandes, du pain sec, du pain beurré.
Birkaç kuru üzüm, biraz badem, kuru ekmek, tereyağlı ekmek.
Du pain beurré et salé.
Üzerine tereyağı ve tuz sürülmüş ekmek.
Du fromage que Gregor avait déclaré immangeable il y a deux jours.
Gregor'un iki gün önce yenmez olduğunu ilan ettiği peynir.
Toute cette sélection de nourriture était disposée sur un journal.
Bu yiyeceklerin tamamı bir gazetenin üzerine yerleştirilmişti.
Elle a également placé un bol d'eau à côté de ses repas.
Ayrıca yemeklerinin yanına bir kase su da koydu.
Elle savait que Gregor n'aurait pas mangé devant elle.
Gregor'un onun önünde yemek yemeyeceğini biliyordu.
Par respect pour lui, elle quitta de nouveau la pièce.
Ona duyduğu saygıdan dolayı tekrar odadan çıktı.
Et elle a même tourné la clé dans la serrure en partant.

Üstelik çıkarken anahtarı kilide çevirdi.

Mais elle tourna la clé très doucement et avec précaution.

Ama anahtarı çok sessiz ve dikkatli bir şekilde çevirdi.

De cette façon, seul Gregor saurait que la porte était verrouillée.

Bu sayede kapının kilitli olduğunu sadece Gregor bilecekti.

Il pouvait désormais s'installer aussi confortablement qu'il le souhaitait.

Artık istediği kadar rahat edebilirdi.

Les jambes de Gregor s'agitaient frénétiquement à l'heure du repas.

Yemek vakti geldiğinde Gregor'un bacakları hızla hareket ediyordu.

Il est à noter qu'il ne ressentait plus aucune gêne.

Dikkat çekilmesi gereken nokta, artık herhangi bir rahatsızlık hissetmemesiydi.

Ses blessures doivent déjà être complètement guéries.

Yaraları çoktan tamamen iyileşmiş olmalı.

Parce qu'il ne ressentait plus ses anciens handicaps.

Çünkü artık önceki engellerini hissetmiyordu.

Sa nouvelle capacité de guérison le surprit et l'émerveilla.

İyileştirme yeteneğinin ortaya çıkması onu hem şaşırttı hem de hayrete düşürdü.

Il y a plus d'un mois, il s'est coupé le doigt avec un couteau.

Bir aydan uzun süre önce parmağını bıçakla kesti.

Il y a encore deux jours, cette blessure le faisait souffrir.

İki gün öncesine kadar o yara hâlâ acıyordu.

« Suis-je beaucoup moins sensible maintenant ? » pensa-t-il.

"Şimdi çok daha az hassas mıyım acaba?" diye düşündü kendi kendine.

À ce moment-là, il suçait déjà goulûment le fromage.

Bu sırada çoktan peyniri iştahla emmeye başlamıştı bile.

Il était plus attiré par le fromage que par les autres aliments.

Diğer yiyeceklerden çok peynire ilgi duyuyordu.

Il mangeait rapidement un morceau de fromage après l'autre.

Peynir parçalarını hızla birbiri ardına yedi.

Ses yeux s'embuèrent de satisfaction à la vue de ce goût.
Tadının verdiği memnuniyetle gözleri yaşardı.
Après le fromage, il mangea les légumes et la sauce.
Peynirden sonra sebzeleri ve sosu yedi.
Cependant, les aliments frais ne lui plaisaient pas.
Ancak taze yiyeceklerin tadı ona hoş gelmedi.
En fait, il ne supportait même pas l'odeur des aliments frais.
Hatta taze yiyeceklerin kokusuna bile tahammül edemiyordu.
Il a même éloigné les autres aliments des aliments frais.
Hatta diğer yiyecekleri taze yiyeceklerden uzaklaştırdı.
Et il a très vite terminé la nourriture la plus comestible.
Ve en yenilebilir yiyecekleri çok çabuk bitirdi.
Tous ces mets délicieux avaient un effet soporifique sur lui.
Yediği tüm lezzetli yemekler onu uyuşturmuştu.
Et il s'allongea paresseusement à l'endroit où il avait mangé.
Ve yemek yediği yerde tembelce uzandı.
Finalement, sa sœur est revenue prendre de ses nouvelles.
Sonunda kız kardeşi onu tekrar kontrol etmeye geldi.
Elle a eu la prévoyance de tourner la clé très lentement.
Anahtarı çok yavaşça çevirme öngörüsüne sahipti.
Cela a averti Gregor qu'il devait se retirer.
Bu durum Gregor'a geri çekilmesi gerektiği konusunda bir
uyarı niteliği taşıdı.
Étourdi et surpris, il se précipita sous le canapé.
Sersemlemiş ve irkilmiş bir halde, hızla kanepenin altına geri
döndü.
Mais rester sous le canapé n'était pas si facile cette fois-ci.
Ama bu sefer kanepenin altında kalmak o kadar kolay değildi.
**Son corps s'était un peu arrondi à cause de toute cette
nourriture.**
Yediği onca yemekten dolayı vücudu biraz yuvarlaklaşmıştı.
Et il devait se retenir pour ne pas s'épuiser à nouveau.
Ve tekrar dışarı fırlamamak için kendini kontrol etmek
zorunda kaldı.
Même si la sœur n'est pas restée longtemps dans la chambre.
Kız kardeş odada uzun süre kalmasa da...
Il avait du mal à respirer dans cet espace étroit.

O dar alanda nefes almakta zorlanıyordu.
Mais il a surmonté ces petites crises d'étouffement.
Ama o, bu ufak tefek boğulma nöbetlerinin üstesinden geldi.
Les yeux exorbités, il observait les agissements de sa sœur.
Gözleri fal taşı gibi açılmış bir şekilde kız kardeşinin
yaptıklarını izledi.
La sœur, sans se douter de rien, a tout versé dans un seau.
Hiçbir şeyden haberi olmayan kız kardeş, her şeyi bir kovaya
boşalttı.
**Elle s'est non seulement débarrassée de la nourriture que
Gregor n'avait pas mangée, mais elle l'a fait.**
O sadece Gregor'un yemediği yiyecekleri atmakla kalmadı.
Mais elle jetait aussi la nourriture qu'il n'avait pas touchée.
Ama onun dokunmadığı yiyecekleri de attı.
**Apparemment, cet aliment n'était plus comestible pour
personne.**
Görünüşe göre o yiyecek artık kimse için yenilebilir değildi.
**Elle referma ensuite le seau à nourriture avec un couvercle
en bois.**
Ardından yemek kovasını tahta bir kapakla kapattı.
Et avec la nourriture, le seau et la serpillière, elle est partie.
Yiyecekleri, kovayı ve paspası alıp gitti.
Gregor n'aurait pas pu attendre beaucoup plus longtemps.
Gregor daha fazla bekleyemezdi.
Dès qu'elle fut partie, il s'échappa de sous le canapé.
Kadın gider gitmez, adam koltuğun altından kaçtı.
Il s'étira et souffla de soulagement.
Gerindi ve rahatlamış bir nefes verdi.
**C'est ainsi que Gregor recevait de la nourriture de temps à
autre.**
Gregor, zaman zaman bu şekilde yiyecek alıyordu.
Sa sœur lui a donné à manger une fois, tôt le matin.
Kız kardeşi ona sabahın erken saatlerinde bir kez yemek verdi.
À cette heure-ci, les parents et la bonne dormaient encore.
Bu saatte anne baba ve hizmetçi hâlâ uyuyordu.
**Et il a reçu un deuxième repas après le déjeuner de tout le
monde.**

Herkes öğle yemeğini yedikten sonra ona ikinci bir yemek daha verildi.

Car à ce moment-là, les parents dormaient aussi un peu.
Çünkü o sırada anne babalar da bir süre uyuyorlardı.

Et la servante fut envoyée par la sœur faire une course.
Hizmetçi kız kardeş tarafından bir iş için gönderildi.

Ils n'avaient certainement aucune intention de laisser Gregor mourir de faim.
Gregor'u aç bırakmak gibi bir niyetleri kesinlikle yoktu.

Mais ils n'auraient pas voulu le regarder manger non plus.
Ama onlar da onun yemek yediğini izlemek istemezlerdi.

Les informations fournies par la sœur étaient suffisantes.
Kardeşin bahsettikleri yeterli bilgiydi.

C'était peut-être sa façon d'épargner aux parents leur chagrin.
Belki de bu, anne babayı üzüntüden koruma yöntemiydi.

Ils avaient déjà suffisamment souffert de ses actes.
Onun yaptıklarından zaten yeterince acı çekmişlerdi.

Le premier jour s'estompait peu à peu dans les mémoires.
İlk gün yavaş yavaş uzak bir anıya dönüşüyordu.

Gregor n'avait aucun moyen de savoir ce qui s'était passé ce jour-là.
Gregor o gün neler olduğunu bilmesinin hiçbir yolu yoktu.

Comment le serrurier a-t-il été conduit hors de l'appartement ?
Çilingir daireden nasıl çıkarıldı?

Quelles excuses ont finalement satisfait le médecin ?
Doktor sonunda hangi bahanelerle tatmin oldu?

Il n'avait trouvé aucun moyen de se faire comprendre.
Kendini anlaşılır kılmanın bir yolunu bulamamıştı.

Il n'a même pas réussi à communiquer avec sa sœur.
Kız kardeşiyle bile iletişim kurmayı başaramadı.

Ils en conclurent donc qu'il ne pouvait pas les comprendre.
Bu yüzden onun kendilerini anlayamayacağını düşündüler.

C'est pourquoi aucun effort ne fut fait pour lui parler.
Bu nedenle onunla konuşmak için hiçbir çaba gösterilmedi.

Sa sœur venait dans sa chambre tous les matins et à midi.

Kız kardeşi her sabah ve öğlen odasına gelirdi.

Mais il devait se contenter d'entendre ses soupirs.

Ama o, kadının iç çekişlerini duymakla yetinmek zorunda kaldı.

Plus tard, elle s'est un peu plus habituée à la forme de Gregor.

Daha sonra Gregor'un tarzına biraz daha alıştı.

Et elle se sentait un peu plus libre de faire davantage de remarques.

Ve bu durum, daha fazla yorum yapma konusunda ona biraz daha özgürlük hissi verdi.

(Même si elle ne s'y habituerait jamais complètement.)

(Yine de ona hiçbir zaman tamamen alışamayacaktı.)

Et puis Gregor eut de nouveau l'impression qu'on lui parlait un peu plus.

Ve sonra Gregor, kendisine biraz daha hitap edildiğini hissetti.

Et il a perçu ce qu'il considérait comme des commentaires amicaux.

Ve o, dostça yorumlar olarak algıladığı şeyleri duydu.

"Il a apprécié son repas aujourd'hui", ou "il a tout mangé".

"Bugün yemeğinin tadını çıkardı" veya "her şeyi yedi."

Mais cela n'arrivait que lorsqu'il avait fini de manger.

Ama bu, ancak tüm yemeğini yedikten sonra oluyordu.

Mais récemment, cela devenait de plus en plus rare.

Ancak son zamanlarda bu durum giderek daha nadir hale geliyordu.

« Il touchait à peine à sa nourriture », disait-elle plus souvent maintenant.

"Yemeğine neredeyse hiç dokunmuyordu," diyordu artık daha sık.

Et il y avait une pointe de tristesse dans sa voix à chaque fois.

Ve her seferinde sesinde bir hüzün tonu vardı.

Gregor ne pouvait entendre aucune autre nouvelle plus directement.

Gregor, bundan daha doğrudan bir haber duyamazdı.

Mais il a entendu beaucoup de choses se dire dans les pièces voisines.
Ancak bitişik odalardan gelen birçok haberi duydu.
Lorsqu'il a entendu des voix, il a couru vers la porte correspondante.
Sesler duyunca ilgili kapıya koştu.
Et il a plaqué tout son corps contre la porte pour entendre.
Ve duyabilmek için tüm vücudunu kapıya dayadı.
Toutes les conversations le concernaient d'une manière ou d'une autre.
Tüm konuşmalar bir şekilde onu ilgilendiriyordu.
Même lorsque le sujet semblait porter sur autre chose.
Konu başka bir şey gibi görünse bile.
Cette observation était particulièrement vraie au début.
Bu gözlem özellikle ilk dönemlerde geçerliydi.
À chaque repas, ils répétaient la même discussion.
Her yemekte aynı tartışmayı tekrarladılar.
Ils ne savaient toujours pas comment se comporter en sa présence.
Onun yanında nasıl davranacaklarından hâlâ emin değillerdi.
Mais le même sujet a également été abordé entre les repas.
Ancak aynı konu yemek aralarında da konuşuldu.
Parce qu'il y avait toujours deux membres de la famille à la maison.
Çünkü evde her zaman iki aile üyesi bulunuyordu.
Personne ne voulait rester seul à la maison.
Kimse evde tek başına kalmak istemiyordu.
Mais laisser l'appartement vide était également hors de question.
Ancak daireyi boş bırakmak da söz konusu bile değildi.
La femme de ménage était la seule à ne pas être attachée à l'appartement.
Daireye bağlı olmayan tek kişi hizmetçiydi.
Elle avait déjà demandé à partir dès le premier jour.
Daha ilk gün ayrılmak istediğini belirtmişti.
Elle s'est agenouillée et a supplié qu'on la renvoie.
Dizlerinin üzerine çöktü ve görevden alınması için yalvardı.

La famille ignorait l'étendue des connaissances de la bonne.
Aile, hizmetçinin aslında ne kadar şey bildiğinden habersizdi.
À ce stade, elle n'en avait pas vu plus que quiconque.
O aşamada, diğer herkesten daha fazlasını görmemişti.
Ce qui s'était passé restait un mystère pour la famille.
Ailenin aklında hâlâ ne olduğu gizemini koruyordu.
Mais un quart d'heure plus tard, elle fit ses adieux.
Ancak on beş dakika sonra vedalaştı.
Et elle a remercié la famille, les larmes aux yeux.
Gözlerinde yaşlarla aileye teşekkür etti.
Mais en réalité, elle les remerciait de l'avoir libérée.
Ama aslında kendisini serbest bıraktıkları için onlara teşekkür
etti.
Ils semblaient lui avoir témoigné la plus grande
bienveillance.
Ona son derece nazik davranmış gibiydiler.
Elle a même prêté serment, sans qu'on le lui demande.
Kendisine sorulmadan yemin bile etti.
Elle a dit qu'elle ne dirait à personne ce qui s'était passé.
Olanları kimseye anlatmayacağını söyledi.
Désormais, la sœur devait cuisiner avec sa mère.
Artık kız kardeş annesiyle birlikte yemek pişirmek
zorundaydı.
Mais ce n'était pas vraiment un inconvénient majeur.
Ama bu aslında çok da büyük bir sorun değildi.
Parce que de toute façon, ils n'avaient presque rien mangé
tous les deux.
Çünkü ikisi de zaten neredeyse hiçbir şey yememişlerdi.
Gregor surprenait sans cesse la même conversation.
Gregor aynı konuşmayı tekrar tekrar duydu.
L'un disait à l'autre qu'il devait manger davantage.
Bir kişi diğerine daha fazla yemek yemesi gerektiğini
söylüyordu.
Mais cette personne n'a reçu aucune réponse de son
interlocuteur.
Ancak o kişi, karşıdaki kişiden hiçbir yanıt almadı.
« Merci, j'en ai assez », ou quelque chose de similaire.

"Teşekkür ederim, yeterince var" veya benzeri bir şey.
Peut-être qu'eux non plus ne buvaient plus rien.
Belki onlar da artık hiçbir şey içmiyorlardı.
Sa sœur demandait souvent à son père s'il voulait de la bière.
Kız kardeş sık sık babasına bira isteyip istemediğini sorardı.
Et elle a proposé chaleureusement d'aller chercher la bière elle-même.
Ve o da birayı kendisinin getirmeyi içtenlikle teklif etti.
Le père gardait toujours le silence à sa demande.
Baba, kızının isteği üzerine her zaman sessiz kalırdı.
La sœur devait donc trouver un moyen de dissiper tout doute.
Bu yüzden kız kardeş, her türlü şüpheyi ortadan kaldırmanın bir yolunu bulmak zorundaydı.
Et elle a dit qu'elle enverrait la bonne chercher de la bière.
Ve hizmetçiyi bira getirmeye göndereceğini söyledi.
Mais finalement, le père a dit un grand « non » retentissant.
Ama sonunda baba yüksek sesle ve güçlü bir şekilde "hayır" dedi.
Puis, on n'a plus évoqué le fait qu'il boive une bière.
Ardından onun bira içmesi konusu bir daha gündeme gelmedi.
Il avait déjà expliqué la situation financière auparavant.
Mali durumu daha önce zaten açıklamıştı.
En fait, il a évoqué les finances dès le premier jour.
Aslında, daha ilk günden itibaren mali konulardan bahsetti.
Il leur a bien fait comprendre quelles étaient les perspectives.
Onlara gelecek beklentilerini açıkça anlattı.
Sa propre entreprise avait fait faillite il y a environ cinq ans.
Kendi işi yaklaşık beş yıl önce iflas etmişti.
De temps en temps, il se levait pour quitter la table.
Ara sıra masadan kalkmak için ayağa kalkıyordu.
Et il se dirigea vers la caisse de son ancien commerce.
Ve eski işyerinin kasasına gitti.
Il avait conservé la caisse enregistreuse par sentimentalisme.

Para kasasını duygusal nedenlerle saklamıştı.

Gregor l'entendit déverrouiller une serrure lourde et complexe.

Gregor, onun ağır ve karmaşık bir kilidi açtığını duydu.

Et il sortit des reçus et des livres de comptes de la caisse.

Ve kasadan fişleri ve defterleri çıkardı.

Après avoir pris les objets, il a refermé la caisse à clé.

Eşyaları aldıktan sonra para kutusunu tekrar kilitledi.

Gregor n'avait entendu aucune bonne nouvelle depuis son emprisonnement.

Gregor hapse girdiğinden beri hiç iyi haber almamıştı.

Il pensait que l'entreprise avait ruiné son père.

İşletmenin babasını iflas ettirdiğini düşünüyordu.

Le père avait certainement donné cette impression à Gregor.

Baba, Gregor'a kesinlikle bu izlenimi vermişti.

Et Gregor ne lui a plus jamais posé de questions sur les finances.

Gregor ona mali konular hakkında bir daha hiç soru sormadı.

Gregor voulait faire tout son possible pour aider la famille.

Gregor, aileye yardım etmek için elinden gelen her şeyi yapmak istedi.

Il voulait les aider à oublier leurs difficultés financières.

İş hayatındaki talihsizliği unutturmak istiyordu.

La faillite qui a engendré un désespoir total.

İflas, tam bir umutsuzluğa yol açtı.

Il s'est donc mis à travailler avec une passion toute particulière.

Bu yüzden çok özel bir tutkuyla çalışmaya başladı.

Il était devenu représentant de commerce itinérant presque du jour au lendemain.

Neredeyse bir gecede seyyar satış temsilcisi olmuştu.

Avant cela, il n'avait travaillé que comme commis mal payé.

Bundan önce sadece düşük ücretli bir memur olarak çalışmıştı.

Il avait désormais des opportunités de gains complètement différentes.

Artık tamamen farklı kazanç fırsatlarına sahipti.

**Les ventes réussies pouvaient être immédiatement
converties en liquidités.**
Başarılı satışlar anında nakde çevrilebilir.
L'argent étant bien sûr versé sur ses commissions.
Para elbette komisyonlarından ödeniyordu.
**Désormais, Gregor pouvait mettre de l'argent sur la table
familiale.**
Gregor artık ailenin sofrasına para koyabiliyordu.
Et ils étaient étonnés et ravis de ses gains.
Kazançlarına hem şaşırdılar hem de çok sevindiler.
Mais ces beaux moments ne se reproduiront plus.
Ama o güzel günler bir daha tekrarlanmayacak.
Ils commençaient tout juste à s'habituer à cette période faste.
Bu güzel günlere daha yeni alışmışlardı.
À chaque paie, la famille acceptait l'argent avec gratitude.
Aile, her maaş gününde parayı minnetle kabul ediyordu.
Et Gregor était tout aussi heureux de remettre l'argent.
Gregor da parayı vermekten aynı derecede memnundu.
**Mais la chaleureuse affection qu'elle suscitait en retour s'est
peu à peu éteinte.**
Ancak karşılığında verilen sıcak sevgi yavaş yavaş söndü.
Seule sa sœur restait aussi proche de Gregor qu'auparavant.
Gregor'a eskisi kadar yakın kalan tek kişi kız kardeşiydi.
**Elle, contrairement à Gregor, avait une profonde
appréciation pour la musique.**
O, Gregor'un aksine, müziğe derin bir ilgi duyuyordu.
Et elle savait jouer du violon d'une manière très touchante.
Ve keman çalmayı çok etkileyici bir şekilde biliyordu.
**Gregor avait secrètement prévu de l'envoyer dans une école
de musique.**
Gregor, kızını gizlice müzik okuluna göndermeyi planlıyordu.
**Il n'avait pas encore décidé comment il réglerait les
dépenses.**
Masrafları nasıl karşılayacağına henüz karar vermemişti.
Mais d'une manière ou d'une autre, il couvrirait les frais.
Ama bir şekilde masrafları karşılayacaktı.

De temps en temps, Gregor et sa famille partaient en courts séjours.

Gregor ve ailesi zaman zaman kısa gezilere çıkarlardı.

Gregor et sa sœur abordaient souvent ce sujet.

Gregor ve kız kardeşi bu konuyu sık sık gündeme getiriyorlardı.

Mais cela n'a jamais été évoqué que comme une idée merveilleuse.

Ama bu fikir her zaman sadece harika bir fikir olarak dile getirildi.

Ils ne croyaient pas vraiment que ce rêve puisse se réaliser.

Bu hayalin gerçekleşebileceğine gerçekten inanmıyorlardı.

Et les parents n'appréciaient pas de telles ambitions fantaisistes.

Anne ve babalar bu tür hayalperest hırsları beğenmediler.

Même lorsque le sujet a été abordé de manière tout à fait innocente.

Konu son derece masumane bir şekilde gündeme getirilmiş olsa bile.

Mais Gregor continuait de penser à l'école de musique.

Ancak Gregor müzik okulunu düşünmeye devam etti.

Et il prévoyait d'annoncer le cadeau la veille de Noël.

Ve hediyeyi Noel arifesinde duyurmayı planlıyordu.

Bien sûr, dans son état actuel, ce serait impossible.

Elbette şu anki haliyle bu imkansız olurdu.

Mais ce genre de pensées lui traversait l'esprit.

Ama bu tür düşünceler aklından geçti.

Et telles étaient les pensées qui lui traversaient l'esprit en écoutant sa famille.

Aileyi dinlerken aklından böyle düşünceler geçti.

Parfois, il était trop fatigué pour continuer à les écouter.

Bazen onları dinlemeye devam edemeyecek kadar yoruluyordu.

Sa tête s'est affaissée contre la porte, rongée par la fatigue.

Yorgunluktan başı kapıya çarptı.

Mais il appuya aussitôt de nouveau sa tête contre la porte.

Ama o hemen tekrar başını kapıya dayadı.

Car même le moindre bruit s'entendait à l'extérieur.
Çünkü en ufak bir ses bile dışarıdan duyulabiliyordu.
Et le moindre bruit qu'il faisait plongeait la famille dans le silence.
Çıkardığı her ses, ailenin sessizliğe bürünmesine neden olurdu.
« Que fait-il maintenant ? » demanda le père à sa famille.
"Şimdi ne yapıyor?" diye sordu baba aileye.
Il alla à la porte pour vérifier d'où venait le bruit.
Ve gürültünün ne olduğunu anlamak için kapıya gitti.
Puis la conversation interrompue a repris progressivement.
Ve ardından yarıda kalan konuşma yavaş yavaş yeniden başladı.
Mais les paroles du père ont agréablement surpris tout le monde.
Ancak babanın söyledikleri herkesi olumlu yönde şaşırttı.
Gregor apprit alors la véritable situation financière.
Gregor artık mali durumun gerçek halini öğrenmişti.
Malgré tous ces malheurs, il y a eu aussi un peu de chance.
Tüm talihsizliklere rağmen, biraz da şans vardı.
Une petite fortune d'antan était encore là.
Eski günlerden kalma çok küçük bir servet hâlâ oradaydı.
Le père a expliqué les choses, mais a dû se répéter.
Baba her şeyi açıkladı ama söylediklerini tekrarlamak zorunda kaldı.
Parce qu'il ne s'était pas occupé de ces choses depuis un certain temps.
Çünkü bir süredir bu konularla ilgilenmemişti.
Et parce que la mère ne comprenait pas de telles choses.
Çünkü anne bu tür şeyleri anlamıyordu.
Les taux d'intérêt de la banque avaient légèrement augmenté.
Bankaların faiz oranları biraz yükselmişti.
L'argent non utilisé avait augmenté plus que prévu.
Dokunulmamış para beklenenden daha fazla artmıştı.
De plus, Gregor leur avait toujours donné ses économies.
Ayrıca Gregor her zaman onlara birikimlerini verirdi.

Il n'avait jamais gardé que quelques florins pour lui-même.
Kendisi için yalnızca birkaç guilder saklamıştı.
Et son argent n'avait pas été entièrement dépensé.
Üstelik parası da tamamen tükenmemişti.
Ensemble, ces sommes avaient constitué un petit capital.
Bu paralar bir araya gelerek küçük bir sermaye oluşturmuştu.
Gregor, derrière sa porte, hocha la tête avec enthousiasme à la nouvelle.
Gregor, kapısının ardında, haberi heyecanla başıyla karşıladı.
Il était ravi de cette prudence et de cette frugalité inattendues.
Bu beklenmedik ihtiyat ve tutumluluk onu memnun etti.
Les fonds excédentaires auraient pu servir à rembourser la dette.
Artan fonlar borcu ödemek için kullanılabilirdi.
Ils n'auraient alors plus rien dû au patron.
O zaman patrona hiçbir borçları kalmazdı.
Et Gregor aurait pu changer d'emploi bien plus tôt.
Gregor çok daha önce yeni bir işe geçebilirdi.
Mais la façon dont le père s'y était pris était bien meilleure maintenant.
Ama babanın ayarlaması şimdi çok daha iyiydi.
L'argent ne suffisait pas tout à fait pour vivre des intérêts.
Faizden elde edilen para geçimimizi sağlamaya yetmiyordu.
Et il a fallu mettre de l'argent de côté pour les urgences.
Ve acil durumlar için de bir miktar para kenara ayrılmak gerekiyordu.
Cela n'aurait suffi que pour un an ou deux.
Bu para ancak bir veya iki yıl için yeterli olurdu.
Cela signifiait que quelqu'un devait gagner de l'argent pour qu'ils puissent vivre.
Bu da onların geçimini sağlamak için birilerinin para kazanması gerektiği anlamına geliyordu.
Le père n'était pas malade et il était assez fort.
Baba sağlıksız değildi ve yeterince güçlüydü.
Mais il était sans emploi depuis plus de cinq ans.
Ancak beş yıldan fazla süredir işsizdi.

Et, du fait de son âge, il lui restait peu de confiance en lui.
Yaşı nedeniyle özgüveni de oldukça azalmıştı.
Il avait également pris beaucoup de poids ces derniers temps.
Son zamanlarda çok kilo almıştı.
Sa vie avait toujours été ardue et infructueuse.
Hayatı her zaman zorlu ve başarısızlıkla dolu olmuştu.
Et c'étaient les premières vacances qu'il ait jamais prises.
Bu, hayatında geçirdiği ilk tatildi.
Et, faute d'être occupé, il était devenu assez maladroit.
Ve meşgul edilmediği için oldukça sakarlaşmıştı.
Ne serait-il pas préférable que la vieille mère gagne l'argent ?
Yaşlı annenin parayı kazanması daha mı iyi olurdu?
La vieille mère qui souffrait d'asthme.
Astım hastalığından muzdarip yaşlı anne.
La vieille mère qui peinait à monter les escaliers.
Merdivenlerden çıkmakta zorlanan yaşlı anne.
La vieille mère qui passait son temps allongée sur le canapé.
Vaktinin çoğunu kanepede uzanarak geçiren yaşlı anne.
La vieille mère qui préférait rester près de la fenêtre.
Pencere kenarında kalmayı tercih eden yaşlı anne.
Pour qu'elle puisse reprendre son souffle quand elle en aurait besoin.
Böylece ihtiyaç duyduğunda nefes alabilecekti.
Ne serait-il pas préférable que ce soit la jeune sœur qui gagne l'argent ?
Parayı küçük kız kardeşin kazanması daha mı iyi olurdu?
La sœur, qui à dix-sept ans n'était encore qu'une enfant.
Kız kardeş, on yedi yaşında, henüz bir çocuktu.
La sœur qui ne connaissait que quelques modestes plaisirs.
Sadece birkaç mütevazı zevki olan kız kardeş.
La sœur qui aimait surtout jouer du violon.
Özellikle keman çalmaktan hoşlanan kız kardeş.
Elle savait que son mode de vie antérieur était très enviable ;
Önceki yaşam tarzının çok imrenilecek bir yaşam olduğunu biliyordu;

Bien s'habiller, faire la grasse matinée, aider à la maison.
Güzel giyinmek, geç uyanmak, ev işlerine yardım etmek.
La conversation tournait souvent autour de la nécessité de gagner de l'argent.
Konuşmalar sıklıkla para kazanma ihtiyacına dönüyordu.
Gregor était toujours le premier à lâcher la porte.
Gregor her zaman kapıyı ilk bırakan kişi olurdu.
Cette conversation l'avait rempli de honte et de chagrin.
Bu konuşma onu utanç ve kederle doldurdu.
Il se laissa donc tomber sur le canapé en cuir qui refroidissait.
Bunun üzerine kendini serin deri kanepeye attı.
Et il passait souvent le reste de la nuit sur le canapé.
Ve gecenin geri kalanını genellikle kanepede geçirirdi.
Il ne dormait jamais vraiment sur le canapé, ni la nuit.
O, hiçbir zaman gerçekten kanepede ya da geceleri uyumadı.
Souvent, il se contentait de gratter le cuir pendant des heures.
Çoğu zaman saatlerce deriyi kaşır dururdu.
D'autres fois, il poussait le fauteuil jusqu'à la fenêtre.
Bazen de koltuğu pencereye doğru iterdi.
Cela a nécessité à lui seul beaucoup d'efforts de sa part.
Bu bile onun açısından büyük bir çaba gerektirdi.
Le fauteuil l'a aidé à ramper jusqu'au rebord de la fenêtre.
Koltuk, onun pencere pervazına tırmanmasına yardımcı oldu.
Et de là, il put s'appuyer contre la fenêtre.
Ve oradan pencereye yaslanabildi.
Il éprouvait un grand sentiment de liberté en faisant cela.
Bunu yaparken büyük bir özgürlük duygusu hissederdi.
Peut-être recherchait-il une sensation de liberté d'antan.
Belki de eski, özgürleştirici bir duygu arıyordu.
Mais sa vue n'était plus aussi perçante qu'avant.
Ama görüşü eskisi kadar keskin değildi.
Les objets situés à une certaine distance étaient flous et indistincts.
Biraz uzaktaki nesneler bulanık ve belirsizdi.
Il ne pouvait plus voir l'hôpital de l'autre côté de la rue.

Karşıdaki hastaneyi artık göremiyordu.

Avant, il maudissait le paysage, maintenant il voulait le voir.

Daha önce manzaradan nefret ederdi, şimdi ise onu görmek istiyordu.

Il savait qu'il habitait dans la paisible Charlottenstrasse, en pleine ville.

Charlottenstrasse'nin sakin, kentsel bir bölge olduğunu biliyordu.

Mais il a peut-être cru qu'il regardait vers le désert.

Ama çöle baktığını sanmış olabilir.

Un désert où le ciel gris et la terre grise se confondaient.

Gri gökyüzü ve gri toprağın birleştiği bir çorak arazi.

La sœur attentive remarqua à deux reprises que la chaise avait bougé.

Dikkatli hemşire, sandalyenin iki kez yer değiştirdiğini fark etti.

Après avoir rangé, elle a repoussé la chaise vers la fenêtre.

Ortamı toparladıktan sonra sandalyeyi pencerenin önüne itti.

Et désormais, elle laissait même la fenêtre ouverte.

Ve bundan sonra pencere kanadını bile açık bırakmaya başladı.

Gregor aurait vraiment souhaité pouvoir parler à sa sœur.

Gregor gerçekten de kız kardeşiyle konuşabilmeyi çok isterdi.

Il voulait la remercier pour tout ce qu'elle avait fait pour lui.

Ona yaptığı her şey için teşekkür etmek istedi.

Il aurait alors plus facilement toléré leurs services.

O zaman onların hizmetlerine daha kolay katlanırdı.

Mais en l'état actuel des choses, il souffrait de son aide.

Ama işler öyle gelişti ki, kadının ona yardım etmesi yüzünden o da zarar gördü.

La sœur, bien sûr, a tenté de dissimuler la gêne.

Kız kardeş elbette bu utanç verici durumu örtbas etmeye çalıştı.

Et elle faisait de son mieux pour feindre de ne pas se sentir accablée.

Ve o da kendini yük altında hissetmiyormuş gibi davranmak için elinden gelenin en iyisini yaptı.

Bien sûr, c'est quelque chose qu'elle devait d'abord pratiquer.
Elbette bunu önce pratik yapması gerekiyordu.
Et plus le temps passait, plus elle devenait douée.
Ve zaman geçtikçe bu konuda daha da iyi oldu.
Mais Gregor eut également plus de temps pour constater sa supercherie.
Ancak Gregor'a onun numaralarını görmesi için daha fazla zaman da verildi.
Même son entrée dans sa chambre était une épreuve pour lui.
Onun odasına girmesi bile onun için bir eziyetti.
Dès qu'elle est entrée, elle a couru directement vers la fenêtre.
İçeri girer girmez doğruca pencereye koştu.
Elle n'a même pas pris le temps de fermer la porte.
Kapıyı kapatmaya bile vakit ayırmadı.
Normalement, elle épargnait à tout le monde la vue de la chambre de Gregor.
Normalde Gregor'un odasını kimseden saklardı.
Et elle ouvrit brusquement la fenêtre d'un geste rapide.
Ve aceleyle elleriyle pencereyi hızla açtı.
Puis elle reprit sa respiration comme si elle avait suffoqué.
Sonra sanki boğuluyormuş gibi tekrar nefes aldı.
L'air qui entrait était froid, et elle respira profondément.
İçeri giren hava soğuktu ve kadın derin bir nefes aldı.
Mais elle resta néanmoins un moment près de la fenêtre.
Ama yine de bir süre pencerenin yanında kaldı.
Elle effrayait Gregor deux fois par jour avec ce rituel.
Bu rutiniyle Gregor'u günde iki kez korkutuyordu.
Pendant qu'elle était dans la pièce, il tremblait sous le canapé.
Kadın odadayken adam kanepenin altında titriyordu.
Il savait qu'elle aurait aimé lui épargner cette épreuve.
Onun kendisini bu zorlu süreçten kurtarmak isteyeceğini biliyordu.

Mais elle ne pouvait pas rester dans la pièce avec la fenêtre fermée.
Ama penceresi kapalı olan odada kalamazdı.
Il y a eu une fois où elle est arrivée un peu plus tôt.
Bir keresinde biraz daha erken gelmişti.
Probablement environ un mois après la transformation de Gregor.
Muhtemelen Gregor'un dönüşümünden yaklaşık bir ay sonra.
Elle s'était plus ou moins habituée à sa nouvelle apparence.
Onun yeni görünümüne bir nebze de olsa alışmıştı.
Elle n'avait donc plus aucune raison d'être particulièrement choquée.
Bu yüzden artık özellikle şaşırması için bir sebep kalmamıştı.
Elle le trouva toujours immobile, le regard fixé par la fenêtre.
Onu hâlâ pencereden dışarı bakarken, hareketsiz bir şekilde buldu.
Il se trouvait dans le pire endroit où il aurait pu être.
Olabilecek en korkunç yerdeydi.
Il n'aurait pas été surpris si elle n'était pas entrée.
Eğer içeri girmeseydi şaşırmazdı.
Il l'empêcha d'ouvrir la fenêtre.
Onun pencereyi açmasını engellediği yer orasıydı.
Elle quitta rapidement la pièce et ferma la porte.
Hızla tekrar odadan çıktı ve kapıyı kapattı.
Un étranger aurait pu tirer toutes sortes de conclusions.
Bir yabancı her türlü sonuca varabilirdi.
Peut-être attendait-il simplement l'occasion de la mordre.
Belki de onu ısırmak için fırsat kolluyordu.
Gregor, bien sûr, s'est immédiatement caché sous le canapé.
Gregor elbette hemen kanepenin altına saklandı.
Mais il dut attendre midi pour que sa sœur revienne.
Ama kız kardeşinin dönmesi için öğlene kadar beklemek zorunda kaldı.
Et elle semblait beaucoup plus agitée que d'habitude.
Ve her zamankinden çok daha huzursuz görünüyordu.
Il réalisa que sa vue lui était encore insupportable.

Onun görüntüsünün hâlâ dayanılmaz olduğunu fark etti.

Sa vue allait lui rester insupportable.

Onu görmek onun için dayanılmaz bir şey olmaya devam edecekti.

Elle ne pouvait probablement pas supporter de le voir, même partiellement.

Muhtemelen onun herhangi bir yerini görmeye tahammül edemiyordu.

Une petite partie dépassait toujours de sous le canapé.

Kanepenin altından her zaman küçük bir parça dışarı çıkıyordu.

Un jour, il transporta un drap sur son dos jusqu'au canapé.

Bir gün sırtında bir çarşaf taşıyarak kanepeye gitti.

Il voulait lui épargner de voir quoi que ce soit de lui.

Onun vücudunun herhangi bir bölümünü görmesini istemiyordu.

Il arrangea le drap de façon à ce qu'il soit entièrement caché.

Çarşafı öyle bir şekilde düzeltti ki, vücudunun tamamı gizlenmiş oldu.

Même si elle se baissait, elle ne pourrait pas le voir.

Eğilse bile onu göremezdi.

L'opération a pris à Gregor plus de trois heures.

Gregor'un bu işi halletmesi üç saatten fazla sürdü.

Elle a peut-être pensé que le drap était inutile.

Çarşafın gereksiz olduğunu düşünmüş olabilir.

Elle aurait su qu'il ne voulait pas du drap.

Onun çarşafı istemediğini biliyor olmalıydı.

Il le faisait pour son confort, et non pour lui-même.

Bunu kendi iyiliği için değil, onun rahatı için yapıyordu.

Et elle aurait pu enlever le drap si elle l'avait voulu.

İsteseydi çarşafı da kaldırabilirdi.

Mais elle laissa le drap là où Gregor l'avait mis.

Ama çarşafı Gregor'un koyduğu yerde bıraktı.

Et Gregor crut même avoir aperçu un regard reconnaissant.

Gregor, karşısında minnettar bir bakış yakaladığını bile düşündü.

Il avait doucement soulevé le drap avec sa tête.

Başını kullanarak çarşafı yavaşça yukarı kaldırmıştı.
Il voulait savoir si sa sœur appréciait cet arrangement.
Kız kardeşinin bu düzenlemeyi beğenip beğenmeyeceğini
görmek istedi.

**Les deux premières semaines ont été les plus difficiles pour
les parents.**
İlk iki hafta ebeveynler için en zor haftalardı.
Ils n'ont pas eu le courage d'entrer et de le voir.
Bir türlü içeri girip onu görmeye cesaret edemediler.
Il a surpris plusieurs de leurs conversations à cette époque.
Bu sırada onların birçok konuşmasını duydu.
Ils ont pleinement reconnu tout ce que faisait la sœur.
Rahibenin yaptıklarının hepsini tamamen kabul ettiler.
Même s'ils étaient souvent agacés par elle.
Eskiden sık sık ondan rahatsız olsalar bile.
Parce qu'elle semblait être une fille un peu inutile.
Çünkü biraz işe yaramaz bir kız gibi görünüyordu.
**C'étaient maintenant eux qui attendaient de l'autre côté de la
pièce.**
Şimdi odanın diğer tarafında bekleyenler onlardı.
Et c'est elle qui est entrée dans la pièce pour tout faire.
Odaya girip her şeyi yapan da oydu.
Dès qu'elle est sortie, ils ont voulu tout savoir.
Dışarı çıktığı anda herkes her şeyi öğrenmek istedi.
Elle a dû leur décrire précisément l'aspect de la pièce.
Odanın tam olarak nasıl göründüğünü onlara anlatmak
zorundaydı.
**« Qu'est-ce que Gregor a mangé ? Comment s'est-il comporté
cette fois-ci ? »**
"Gregor ne yedi? Bu sefer nasıl davrandı?"
«Y avait-il peut-être une légère amélioration à constater ?»
"Acaba gözle görülür bir iyileşme olmuş olabilir mi?"
La mère, d'ailleurs, était en réalité plus courageuse.
Bu arada, anne aslında daha cesurdu.
**Et bien sûr, c'était son propre fils qui se trouvait dans la
pièce.**

Ve elbette odanın içinde kendi oğlu vardı.

Elle souhaitait en fait rendre visite à Gregor assez rapidement.

Aslında Gregor'u nispeten yakın bir zamanda ziyaret etmek istiyordu.

Mais au départ, son père et sa sœur l'ont retenue.

Ancak babası ve kız kardeşi başlangıçta onu engellediler.

Ils ont avancé des arguments très rationnels pour qu'elle n'y aille pas.

Gitmemesi için çok mantıklı argümanlar öne sürdüler.

Gregor écouta très attentivement leur raisonnement.

Gregor onların gerekçelerini büyük bir dikkatle dinledi.

Et il acceptait ce raisonnement autant que sa mère.

Ve o da bu gerekçeyi annesi kadar kabul etti.

Plus tard, cependant, il a fallu la retenir par la force.

Ancak daha sonra zorla durdurulması gerekti.

«Laissez-moi entrer voir Gregor, c'est mon malheureux fils !»

"Gregor'un yanına girmeme izin verin, o benim talihsiz oğlum!"

« Tu ne comprends pas que je dois aller le voir ? »

"Onu görmeye gitmem gerektiğini anlamıyor musun?"

Gregor fut également convaincu par les arguments de sa mère.

Gregor da annesinin argümanlarından ikna oldu.

Peut-être avait-elle raison ; ce serait bien qu'elle vienne.

Belki de haklıydı; içeri girse iyi olurdu.

Le voir tous les jours serait beaucoup trop lourd.

Onu her gün görmeye gelmek çok fazla olurdu.

Mais le voir une fois par semaine suffirait peut-être.

Ama onu haftada bir kez görmek belki yeterli olabilir.

Elle pourrait comprendre les choses bien mieux que sa sœur.

Kız kardeşinden çok daha iyi anlayabilir olayları.

Malgré tout son courage, elle n'était encore qu'une enfant.

Tüm cesaretine rağmen, o hala bir çocuktu.

Peut-être une insouciance enfantine l'a-t-elle poussée à entreprendre cette tâche.

Belki de çocukça bir pervasızlık onu bu görevi üstlenmeye itti.

Mais le souhait de Gregor de revoir sa mère se réalisa bientôt.
Ancak Gregor'un annesini görme dileği çok geçmeden gerçekleşti.
Durant la journée, Gregor se tenait à l'écart de la fenêtre.
Gregor gündüzleri pencereden uzak duruyordu.
Il a agi ainsi par égard pour ses parents.
Bunu anne babasına duyduğu saygıdan dolayı yaptı.
Il n'avait pas beaucoup de place pour ramper sur le sol.
Yerde emekleyerek hareket edebileceği fazla alanı yoktu.
Il avait du mal à rester immobile pendant la nuit.
Geceleri hareketsiz yatmakta zorlanıyordu.
Manger ne lui procurait plus le moindre plaisir.
Yemek yemek ona artık en ufak bir zevk vermiyordu.
Bien sûr, il devait trouver un moyen de se distraire.
Elbette dikkatini dağıtacak bir yol bulması gerekiyordu.
Pour se divertir, il grimpait et descendait les murs.
Kendini eğlendirmek için duvarlarda sürünerek yukarı aşağı hareket etti.
Et il rampait aussi le long du plafond, la tête en bas.
Ayrıca baş aşağı bir şekilde tavanda süründü.
Il était particulièrement heureux lorsqu'il était suspendu au plafond.
Tavandan sarkarken özellikle mutlu oluyordu.
C'était complètement différent de s'allonger par terre.
Yere uzanmaktan tamamen farklıydı.
Il trouvait qu'il respirait beaucoup plus facilement dans cette position.
Bu pozisyonda nefes almanın çok daha kolay olduğunu fark etti.
Une légère mais agréable vibration parcourut son corps.
Vücudundan hafif ama hoş bir titreşim geçti.
Parfois, il se laissait même trop aller à son bonheur.
Bazen mutluluğuna fazla kapılıp gidiyordu.
Il lui arrivait d'être distrait et de lâcher prise du plafond.
Bazen dikkati dağılıyordu ve tavandan elini çekiyordu.
Et à sa propre surprise, il atterrit de nouveau sur le sol.

Ve kendi şaşkınlığına rağmen yere geri düştü.

Mais il maîtrisait bien mieux son corps qu'auparavant.

Ama vücudunu eskisinden çok daha iyi kontrol edebiliyordu.

Ainsi, il ne se blessait plus lors de chutes aussi importantes.

Bu yüzden artık o kadar büyük düşmelerden zarar görmüyor.

Sa sœur remarqua immédiatement le nouveau plaisir de Gregor.

Rahibe, Gregor'un yeni zevkini hemen fark etti.

Et on retrouvait des traces de colle là où il avait rampé.

Süründüğü yerlerde yapıştırıcı izleri vardı.

Là encore, la sœur pensa au bien-être de Gregor.

Burada da kız kardeş yine Gregor'un sağlığını düşündü.

Il apprécierait peut-être d'avoir plus d'espace pour ramper.

Belki de etrafta sürünmek için daha fazla alana ihtiyacı olurdu.

Et l'idée s'est fermement ancrée dans son esprit.

Ve bu fikir kafasında iyice yerleşti.

Certains meubles volumineux entravaient sa liberté de mouvement.

Büyük mobilyaların bazıları onun serbest hareket etmesini engelliyordu.

Il ne travaillait plus, il n'avait donc plus besoin du bureau.

Artık çalışmıyordu, bu yüzden masaya ihtiyacı yoktu.

Et la boîte prenait plus de place que nécessaire. ***

Ayrıca kutu gereğinden fazla yer kaplıyordu. ***

La sœur n'était pas en mesure de déplacer ces choses seule.

Kız kardeş bu eşyaları tek başına taşıyamadı.

Bien sûr, elle n'osait pas demander de l'aide à son père.

Elbette babasından yardım istemeye cesaret edemedi.

La bonne ne l'aurait certainement pas aidée non plus.

Hizmetçi de ona kesinlikle yardım etmezdi.

La nouvelle femme de ménage était en réalité un an plus jeune qu'elle.

Yeni hizmetçi, aslında ondan bir yaş daha küçüktü.

Elle avait courageusement endossé le rôle de l'ancienne bonne.

Eski hizmetçinin rollerini cesurca üstlenmişti.

Mais il y avait un privilège auquel elle tenait absolument.
Ama onun ısrarla sahip olmak istediği bir ayrıcalık vardı.
Elle voulait que la cuisine reste verrouillée en permanence.
Mutfağın kapısının her zaman kilitli kalmasını istiyordu.
La sœur n'avait donc pas d'autre choix que de demander à sa mère.
Bu yüzden kız kardeşin annesinden rica etmekten başka çaresi kalmadı.
La mère est venue à son secours en poussant des cris de joie.
Anne, heyecanlı sevinç çığlıklarıyla yardıma koştu.
Mais elle se tut devant la porte de la chambre de Gregor.
Ama Gregor'un odasının kapısında sustu.
La sœur a vérifié que tout était en ordre dans la chambre.
Hemşire odadaki her şeyin yolunda olup olmadığını kontrol etti.
Gregor avait tiré précipitamment encore plus fort sur le drap.
Gregor aceleyle çarşafı daha da sıkıca çekti.
Bien que le drap-housse paraisse encore disposé au hasard.
Çarşaf hâlâ rastgele serilmiş gibi görünse de.
Et ce n'est qu'alors qu'elle laissa sa mère entrer dans la pièce.
Ancak o zaman annesinin odaya girmesine izin verdi.
Gregor s'abstint également d'espionner sous le drap.
Gregor da çarşafın altından casusluk yapmaktan kaçındı.
Il a décidé de ne pas voir sa mère cette fois-ci.
Bu sefer annesini görmekten vazgeçmeye karar verdi.
Gregor était déjà content qu'elle soit venue.
Gregor, onun gelmiş olmasından bile yeterince memnundu.
«Entrez, vous ne pouvez pas le voir», dit la sœur.
"İçeri gelin, onu göremezsiniz," dedi kız kardeş.
Gregor supposa qu'elle tenait sa mère par la main.
Gregor, kadının annesini elinden tutarak götürdüğünü varsaydı.
Puis il entendit les deux femmes, faibles, déplacer les meubles.
Sonra iki güçsüz kadının mobilyaları hareket ettirdiğini duydu.

La sœur semblait s'attribuer la majeure partie du travail.
Kız kardeş, işin büyük kısmını kendi üzerine almış gibiydi.
Sa mère craignait qu'elle ne s'épuise.
Annesi, kızının kendini fazla yoracağından endişeleniyordu.
Mais la sœur n'a prêté aucune attention à ces avertissements.
Ama kız kardeş bu uyarılara hiç kulak asmadı.
Mais même après quinze minutes, les progrès étaient très lents.
Ancak on beş dakika geçmesine rağmen ilerleme çok yavaştı.
Ils n'avaient pas réussi à déplacer les meubles très loin.
Mobilyaları fazla uzağa taşımayı başaramamışlardı.
Ils commençaient lentement à ressentir un sentiment de défaite.
Yavaş yavaş yenilgiyi hissetmeye başlıyorlardı.
La mère fut la première à reconnaître l'inutilité de la démarche.
Anne, çabaların sonuçsuz olduğunu ilk kabul eden kişi oldu.
« Il vaudrait peut-être mieux laisser la boîte ici. »
"Belki de kutuyu burada bırakmak daha iyi olur."
« Le carton est trop lourd pour que nous puissions le déplacer plus loin. »
"Kutu çok ağır, daha fazla taşıyamayız."
« Et nous n'aurons pas terminé avant l'arrivée de votre père. »
"Ve babanız gelmeden işimiz bitmeyecek."
« Laisser la boîte ici lui barrerait encore plus le passage. »
"Burada kutuyu bırakmak onun yolunu daha da tıkayacaktır."
« Et pouvons-nous être sûrs de lui rendre service ? »
"Peki, ona bir iyilik yaptığımızdan emin olabilir miyiz?"
Ils commencèrent à penser que le contraire pourrait bien être vrai.
Tam tersinin de doğru olabileceğini düşünmeye başladılar.
La vue du mur vide lui pesait lourdement sur le cœur.
Boş duvarın görüntüsü kalbine ağır bir yük gibi çöktü.
Qui nous dit que Gregor ne ressentirait pas la même chose ?
Gregor'un da aynı şekilde hissetmeyeceğinin garantisi yok, değil mi?

«Il est déjà habitué aux meubles de sa chambre.»
"O, odasındaki mobilyalara zaten alışmış durumda."
«Il pourrait se sentir encore plus abandonné dans une pièce vide.»
"Boş bir odada kendini daha da terk edilmiş hissedebilir."
À ce moment-là, sa voix s'était presque réduite à un murmure.
Artık sesi neredeyse fısıltıya dönüşmüştü.
Elle ignorait en réalité où se trouvait exactement Gregor.
Gregor'un tam olarak nerede olduğunu bilmiyordu.
Elle ne voulait même pas qu'il entende sa voix.
Sesini duymasını bile istemiyordu.
Bien qu'elle fût certaine qu'il ne la comprenait pas.
Onun kendisini anlamadığından emindi.
« N'aurait-on pas l'impression de l'avoir complètement abandonné ? »
"Bu, ondan tamamen vazgeçtiğimiz anlamına gelmez mi?"
«N'aura-t-il pas l'impression qu'on le laisse se débrouiller seul ?»
"Onu yalnız başına bırakıp gittiğimizi düşünmeyecek mi?"
«Nous devrions laisser la pièce exactement comme elle était.»
"Odayı tam olarak olduğu gibi bırakmalıyız."
« Gregor finira par nous revenir comme avant. »
"Gregor eninde sonunda eski haline dönecek."
«Alors il constatera que tout est encore à sa place.»
"O zaman her şeyin hâlâ yerli yerinde olduğunu görecektir."
« Et il oubliera beaucoup plus facilement la période intermédiaire. »
"Ve o, bu geçiş dönemini çok daha kolay unutacak."
En entendant ces mots, Gregor réalisa quelque chose.
Gregor bu sözleri duyunca bir şeyin farkına vardı.
Son esprit était devenu confus au cours des deux derniers mois.
Son iki aydır zihni karışmıştı.
Le manque d'interactions humaines ne lui avait pas fait de bien.

İnsanlarla etkileşim eksikliği ona iyi gelmemişti.

Il avait vraiment besoin de la vie monotone au sein de sa famille.

Ailesinin yanında geçireceği monoton hayata gerçekten ihtiyacı vardı.

Pourquoi aurait-il formulé une demande aussi absurde autrement ?

Aksi takdirde neden böyle saçma bir talepte bulunmuş olsun ki?

Quel sens pouvait-il y avoir à vider sa chambre ?

Odasının boşaltılmasının ne gibi bir mantığı olabilirdi ki?

La chambre confortable est meublée de meubles hérités.

Aile yadigarı mobilyalarla döşenmiş konforlu oda.

Pourquoi voudrait-il transformer cette chaleur familière en une grotte ?

Bildiği bu sıcaklığı neden bir mağaraya dönüştürmek istesin ki?

Une grotte où il pouvait ramper en toute tranquillité dans toutes les directions.

İçinde gönül rahatlığıyla her yöne sürünebileceği bir mağara.

Mais une grotte où il oublia rapidement son passé humain.

Ama o, insan geçmişini hızla unuttuğu bir mağaraydı burası.

Il se demandait s'il était déjà sur le point d'oublier.

Unutmaya çok yaklaşmış olup olmadığını merak etmek zorundaydı.

La voix de sa mère l'avait secoué et lui avait fait se souvenir.

Annesinin sesi onu uyandırıp hatırlamasını sağlamıştı.

La voix qu'il n'avait pas entendue depuis si longtemps.

Uzun zamandır duymadığı bir ses.

Il ne fallait rien enlever ; tout devait rester.

Hiçbir şey kaldırılmamalıydı; her şey olduğu gibi kalmalıydı.

Le mobilier a eu un effet positif sur son état.

Mobilyalar onun sağlık durumunu olumlu yönde etkiledi.

Et il ne pouvait pas s'en sortir sans ce lien avec le passé.

Ve geçmişle olan bu bağ olmadan başa çıkamazdı.

Les meubles l'empêchaient de ramper sans but.

Mobilyalar onun anlamsızca etrafta sürünmesini engelliyordu.

Mais ce n'était pas une perte ; c'était au contraire un grand avantage.

Ama bu bir kayıp değildi; aksine, büyük bir avantajdı.

Malheureusement, sa sœur avait un avis très différent.

Ne yazık ki kız kardeşinin bambaşka bir görüşü vardı.

Elle était en quelque sorte devenue la porte-parole de Gregor.

Bir bakıma Gregor'un sözcüsü haline gelmişti.

Bien sûr, son opinion n'était pas totalement injustifiée.

Elbette onun görüşü tamamen haksız değildi.

Mais l'opinion de sa mère devait être contredite ici.

Ancak burada annesinin görüşüne karşı çıkılması gerekiyordu.

Il ne s'agissait plus seulement d'enlever la boîte.

Artık sadece kutunun kaldırılması gerekmiyordu.

Son bureau et son armoire ne pouvaient pas rester en place non plus.

Masası ve gardırobu da olduğu gibi kalamazdı.

La seule chose indispensable était le canapé.

Vazgeçilmez olan tek şey kanepeydi.

Elle n'a pas pris cette décision par simple rébellion enfantine.

Bu kararı sadece çocukça bir isyankarlıktan almadı.

Ce n'était pas non plus sa confiance en soi récemment acquise.

Bu, onun yakın zamanda kazandığı özgüven de değildi.

La nouvelle confiance qu'elle avait acquise lui a permis de travailler si dur pour gagner.

Bu yeni özgüven, kazanmak için çok çalışmasına olanak sağladı.

Même si personne ne s'attendait à ce qu'elle y parvienne.

Bunu başarabileceğini kimse beklemiyordu.

Gregor avait vraiment besoin de beaucoup d'espace pour ramper.

Gregor'un emeklemek için gerçekten de çok fazla alana ihtiyacı vardı.

Le mobilier ne faisait que réduire l'espace dont il disposait.

Mobilyalar, sahip olduğu alanı yalnızca sınırlıyordu.
Elle était capable de mieux voir ces choses que sa mère.
Bu şeyleri annesinden daha iyi görebiliyordu.
Mais peut-être que son esprit romantique a aussi joué un rôle.
Ama belki de romantik ruhu da bunda rol oynamıştır.
Les filles de cet âge acquièrent souvent un certain enthousiasme.
Bu yaşlardaki kızlar genellikle belirli bir coşku kazanırlar.
Et ils éprouvent le besoin d'obtenir ce qu'ils veulent chaque fois qu'ils le peuvent.
Ve ne zaman fırsat bulsalar kendi isteklerini elde etme ihtiyacı hissediyorlar.
C'est peut-être pour cela qu'elle voulait le saboter en secret.
Belki de bu yüzden onu gizlice sabote etmek istedi.
Il est encore plus terrifiant lorsqu'il rampe sur les murs.
Duvarlarda süründüğünde daha da korkutucu oluyor.
Les parents n'osaient plus entrer dans la pièce.
Anne ve baba artık odaya girmeye cesaret edemiyorlardı.
Elle serait véritablement la seule à prendre soin de son frère.
Gerçekten de kardeşinin tek bakıcısı o olacaktı.
Elle ne laissa pas sa mère la persuader du contraire.
Annesinin onu aksine ikna etmesine izin vermedi.
La mère de Gregor se sentait déjà mal à l'aise dans la pièce.
Gregor'un annesi odada zaten huzursuz hissediyordu.
Elle cessa bientôt de parler et aida de nouveau sa fille.
Kısa süre sonra konuşmayı kesti ve kızına tekrar yardım etti.
Avec leurs forces restantes, ils ont enlevé l'armoire.
Kalan güçleriyle gardırobu yerinden söktüler.
La commode, il pouvait s'en passer.
Komodin onun için gereksizdi.
Mais le bureau allait devoir rester en place pour le moment.
Ama masa şimdilik yerinde kalmak zorundaydı.
Pendant l'absence des femmes, il tenta d'évaluer la pièce.
Kadınlar odadan çıktıktan sonra, adam odayı değerlendirmeye çalıştı.
Et Gregor passa la tête sous le canapé.

Gregor da kanepenin altından kafasını uzattı.

Il devait voir ce qu'il pouvait faire face à la situation.

Durum karşısında ne yapabileceğine bakması gerekiyordu.

Mais il a été aussi prudent et attentionné que possible.

Ama o, olabildiğince dikkatli ve düşünceli davrandı.

Malheureusement, c'est la mère qui est revenue la première.

Maalesef ilk dönen anne oldu.

Grete était encore en train de déplacer l'armoire dans la pièce voisine.

Grete hâlâ yan odadaki gardırobu taşıyordu.

Mais la mère n'était pas habituée à la vue de Gregor.

Ama anne Gregor'u görmeye alışık değildi.

Un simple aperçu de lui aurait pu la rendre malade.

Onu şöyle bir görmek bile onu hasta edebilirdi.

Gregor recula précipitamment jusqu'à l'autre bout du canapé.

Gregor hızla geriye, kanepenin en ucuna doğru gitti.

Mais il ne pouvait pas reculer et maintenir le drap en équilibre.

Ama geri çekilip çarşafı dengeleyemedi.

Ce mouvement suffit à attirer l'attention de la mère.

Bu hareket annenin dikkatini çekmeye yetti.

Elle marqua une pause et resta immobile un bref instant.

Durakladı ve kısa bir süre hareketsiz kaldı.

Puis elle se retourna et sortit de la pièce.

Sonra arkasını döndü ve odadan çıktı.

Gregor se répétait sans cesse que rien d'inhabituel ne s'était produit.

Gregor kendi kendine olağanüstü bir şey olmadığını söyleyip durdu.

« Ce ne sont que quelques meubles qui ont été emportés. »

"Sadece bazı mobilyalar götürüldü."

Mais il dut bientôt admettre que ces événements l'avaient affecté.

Ancak kısa süre sonra olayların kendisini etkilediğini kabul etmek zorunda kaldı.

Les femmes disaient tout ce qu'elles faisaient.

Kadınlar yaptıkları her şeyi söylüyorlardı.
Ils faisaient des allers-retours dans la pièce.
Odanın içinde ileri geri yürüyorlardı.
Le bruit des meubles qui grattent le sol.
Mobilyaların yerde çıkardığı sürtünme sesleri.
Il avait l'impression d'être assailli de toutes parts.
Her yönden saldırıya uğradığını hissetti.
Il replia sa tête et ses jambes aussi fort qu'il le put.
Başını ve bacaklarını olabildiğince sıkıca içeri çekti.
De toutes ses forces, il plaqua son corps au sol.
Tüm gücüyle vücudunu yere bastırdı.
Il savait qu'il ne pourrait pas supporter tout cela encore longtemps.
Bütün bunlara daha fazla dayanamayacağını biliyordu.
Ils ont vidé sa chambre et ont pris tout ce qu'il aimait.
Odasını boşalttılar ve sevdiği her şeyi aldılar.
Ils avaient déjà pris la boîte contenant tous ses outils.
İçinde tüm aletlerin bulunduğu kutuyu çoktan almışlardı.
Ils étaient en train de déloger son lourd bureau du sol.
Şimdi de ağır çalışma masasını yerden sökmeye başladılar.
Le bureau sur lequel il avait travaillé en rentrant du travail.
İşten döndükten sonra üzerinde çalıştığı masa.
Le bureau sur lequel il avait noté ses missions professionnelles.
İşle ilgili ödevlerini yazdığı masa.
Le bureau sur lequel il avait fait ses devoirs au collège.
Ortaokulda ödevlerini yaptığı masa.
Oui, il avait déjà eu ce bureau à l'école primaire.
Evet, bu sırayı ilkokuldayken de kullanmıştı.
Il n'a vraiment pas eu le temps de vérifier leurs bonnes intentions.
Onların iyi niyetlerini teyit etmek için gerçekten vakti yoktu.
Bien qu'il ait presque oublié leur présence.
Gerçi onların orada olduğunu neredeyse unutmuştu zaten.
Parce qu'ils travaillaient en silence, épuisés.
Yorgunluktan dolayı sessizce çalışıyorlardı.

Ils étaient trop fatigués pour annoncer leurs mouvements maintenant.
Hareketlerini şu an açıklayacak kadar enerjileri kalmamıştı.
Il n'entendait que leurs lourds pas sur le sol.
Duyduğu tek şey, yerde yankılanan ağır ayak sesleriydi.
À ce moment précis, ils étaient appuyés contre la boîte.
Tam o anda kutuya yaslanmışlardı.
Et c'est alors que Gregor est sorti de sous le canapé.
İşte o sırada Gregor kanepenin altından çıktı.
Il a changé de direction à quatre reprises.
Koştuğu yönü dört kez değiştirdi.
Il n'arrivait pas à se décider quel objet sauver en premier.
Hangi eşyanın önce kurtarılması gerektiğine karar veremedi.
Soudain, son attention fut attirée par le mur vide.
Birdenbire dikkati boş duvara yöneldi.
Ils ne lui avaient laissé que la photo de la dame en fourrure.
Ona kalan tek şey kürk giymiş kadının resmiydi.
Il rampa jusqu'à la photo pour coller son corps contre le sien.
Resme doğru sürünerek vücudunu ona bastırdı.
Et son corps masquait complètement la vue de la photo.
Ve bedeni resmin görüntüsünü tamamen kapattı.
Le verre le soutenait et apaisait son ventre brûlant.
Bardak onu ayakta tuttu ve sıcak karnını rahatlattı.
On ne pouvait plus lui enlever cette photo.
Bu fotoğraf artık ondan alınamazdı.
Puis il tourna la tête vers la porte du salon.
Ardından başını oturma odasının kapısına doğru çevirdi.
Il allait les regarder retourner dans la pièce.
Kadınlar odaya geri dönerken onları izleyecekti.
Et ils ne se reposèrent pas longtemps avant de revenir.
Ve çok geçmeden tekrar geri döndüler.
Grete avait le bras autour de sa mère pour l'aider à marcher.
Grete, annesinin yürümesine yardımcı olmak için kolunu onun omzuna atmıştı.
« Que prenons-nous maintenant ? » demanda Grete en regardant autour d'elle.
"Şimdi ne alacağız?" dedi Grete ve etrafına bakındı.

À ce moment précis, son regard croisa celui de Gregor.

Tam o anda bakışları Gregor'un gözleriyle kesişti.

Malgré le choc, elle a gardé son sang-froid.

Yaşadığı şoka rağmen soğukkanlılığını korudu.

Probablement uniquement à cause de la présence de sa mère.

Muhtemelen sadece annesinin varlığı yüzünden.

Elle pencha le visage vers sa mère, lui cachant la vue.

Yüzünü annesine doğru eğerek, onun görüşlerini engelledi.

Et puis elle dit, d'une voix tremblante et sans réfléchir :

Ve sonra, titreyerek ve düşünmeden şöyle dedi:

«Allez, on ne devrait pas retourner au salon ?»

"Hadi ama, oturma odasına geri dönsek olmaz mı?"

Gregor comprenait aisément les intentions de sa sœur.

Gregor, kız kardeşinin niyetini kolaylıkla anlayabiliyordu.

Sa priorité absolue était de mettre sa mère en sécurité.

Onun önceliği annesini güvenli bir yere götürmekti.

Mais ensuite, elle allait le poursuivre depuis le mur.

Ama sonra onu duvardan aşağı kovalayacaktı.

« Eh bien, elle peut toujours essayer ! » pensa Gregor.

"Elbette denemeye çalışabilir!" diye düşündü Gregor içinden.

Il s'assit fermement sur son tableau et ne le lâcha pas.

Resminin üzerinde sıkıca oturdu ve onu bırakmadı.

Il aurait préféré sauter au visage de sa sœur.

Kız kardeşinin yüzüne atlamayı tercih ederdi.

Mais les paroles de Grete avaient encore plus inquiété sa mère.

Ancak Grete'nin sözleri annesini daha da endişelendirmişti.

Elle s'écarta pour voir ce qu'on lui cachait.

Gizlenen şeyin ne olduğunu görmek için kenara çekildi.

Et elle vit la tache brune sur le papier peint à fleurs.

Ve çiçek desenli duvar kağıdındaki kahverengi lekeyi gördü.

Et elle a crié avant même de réaliser que c'était Gregor.

Ve Gregor olduğunu anlamadan önce bile çığlık attı.

« Oh mon Dieu ! » hurla-t-elle en tendant les bras.

"Aman Tanrım!" diye bağırdı kollarını açarak.

Et elle s'est effondrée sur le canapé comme si elle avait renoncé.

Ve sanki pes etmiş gibi kanepeye yığıldı.

« Gregor ! » cria sa sœur en levant le poing.

"Gregor!" diye bağırdı kız kardeşi yumruğunu kaldırarak.

Et elle lui lança un regard long, dur et pénétrant.

Ve ona uzun, sert ve delici bir bakış attı.

C'était la première fois qu'elle lui parlait directement.

Onunla ilk kez doğrudan konuşuyordu.

Elle a couru dans la pièce voisine pour aller chercher des sels d'ammoniaque.

Koşarak yan odaya gitti ve biraz amonyak kokusu giderici sprey aldı.

Elle devait ramener sa mère à la conscience.

Annesini yeniden bilincine getirmek zorunda kaldı.

Gregor voulait aider, il pourrait sauvegarder la photo plus tard.

Gregor yardım etmek istedi, fotoğrafı daha sonra kurtarabilirdi.

Mais il s'était solidement collé à la vitre.

Ama cama iyice yapışmıştı.

Il a donc dû s'arracher à ce point en utilisant beaucoup de force.

Bu yüzden kendini oradan kurtarmak için büyük bir güç kullanmak zorunda kaldı.

Il courut lui aussi dans la pièce voisine, où se trouvait sa sœur.

O da hemen yan odaya koştu, orada kız kardeş vardı.

Autrefois, il aurait pu lui donner quelques conseils.

Eski zamanlarda ona bazı tavsiyelerde bulunabilirdi.

Mais à présent, il ne pouvait rien faire d'autre que rester là, impuissant, et regarder.

Ama artık yapabileceği tek şey, hiçbir şey yapmadan öylece durup izlemekti.

Elle fouilla dans le tiroir, ouvrant diverses bouteilles.

Çekmecenin içini karıştırdı ve çeşitli şişeleri açtı.

Et il lui faisait encore peur quand elle se retournait.

Kadın arkasını döndüğünde bile adam onu hâlâ
korkutuyordu.
Une bouteille est tombée par terre, s'est cassée et a éclaté.
Bir şişe yere düştü, kırıldı ve parçalara ayrıldı.
Un éclat de verre a frappé Gregor au visage et l'a blessé.
Bir cam parçası Gregor'un yüzüne isabet etti ve onu yaraladı.
La bouteille contenait une sorte de liquide caustique.
Şişenin içinde bir çeşit aşındırıcı sıvı vardı.
Et maintenant, le liquide corrosif brûlait le visage de Gregor.
Ve şimdi aşındırıcı sıvı Gregor'un yüzünü yakıyordu.
**Sa sœur, cependant, n'avait pas de temps à consacrer à
Gregor pour le moment.**
Ancak kız kardeşin şu anda Gregor'la ilgilenecek vakti yoktu.
Elle ramassa autant de bouteilles qu'elle put.
Elinden geldiğince çok şişe aldı.
**Et elle est retournée en courant vers sa mère avec les
médicaments.**
Ve ilaçla birlikte annesinin yanına koştu.
Elle claqua la porte du pied, empêchant Gregor d'entrer.
Kapıyı ayağıyla sertçe çarparak Gregor'u dışarıda bıraktı.
**Il était désormais coupé de sa mère, potentiellement
mourante.**
Artık ölmek üzere olan annesinden tamamen kopmuştu.
S'il ouvrait la porte, il chasserait sa sœur.
Kapıyı açarsa kız kardeşini kovardı.
Mais bien sûr, elle devait rester pour s'occuper de sa mère.
Ama elbette annesine bakmak için kalmak zorundaydı.
Il ne pouvait plus rien faire d'autre qu'attendre.
Artık yapabileceği tek şey onları beklemekti.
Rongé par les remords et l'anxiété, il se mit à ramper.
Kendini suçlama ve kaygıdan bunalmış bir halde emeklemeye
başladı.
Il rampait partout : sur les murs, les meubles, le plafond.
Her yere süründü; duvarlara, mobilyalara, tavana.
Il avait l'impression que toute la pièce tournait autour de lui.
Bütün odanın etrafında döndüğünü hissetti.
Finalement, désespéré et pris de vertiges, il retomba.

Sonunda, umutsuzluğa ve baş dönmesine kapılarak yere düştü.

Et il est tombé directement sur la grande table de la salle à manger.

Ve tam da büyük yemek masasının üzerine düştü.

Il resta allongé là un certain temps, engourdi et incapable de bouger.

Bir süre orada uyuşmuş ve hareket edemez halde yattı.

Il était épuisé par tout ce que cette journée lui avait apporté.

Günün getirdiği her şeyden dolayı bitkin düşmüştü.

Le silence régnait partout, mais c'était peut-être bon signe.

Etraf tamamen sessizdi, ama belki de bu iyiye işaretti.

Puis, brisant le silence, la sonnette retentit à l'extérieur.

Ardından, sessizliği bozan bir şekilde, dışarıdaki zil çaldı.

La bonne, bien sûr, s'était enfermée dans sa cuisine.

Hizmetçi kadın elbette kendini mutfağa kilitlemişti.

La sœur était donc la seule à pouvoir ouvrir la porte.

Dolayısıyla kapıyı açabilecek tek kişi kız kardeşti.

« Que s'est-il passé ? » fut la première question du père.

"Ne oldu?" diye sordu baba ilk olarak.

L'apparence de Grete lui avait probablement tout dit.

Grete'nin görünüşü muhtemelen ona her şeyi anlatmıştı.

La voix de Grete devint étouffée et monotone tandis qu'elle parlait.

Grete konuşurken sesi boğuk ve cansız bir hal aldı.

Elle a dû enfouir son visage contre la poitrine de son père.

Yüzünü babasının göğsüne yaslamış olmalıydı.

« Maman était inconsciente, mais elle va mieux maintenant. »

"Annem bilincini kaybetmişti, ama şimdi daha iyi hissediyor."

« Gregor s'est échappé », a-t-elle ajouté, ce à quoi il s'attendait.

"Gregor kaçtı," diye ekledi kadın, ki bu da adamın beklediği bir şeydi.

« Je vous l'ai toujours dit, il allait s'échapper un jour. »

"Sana hep bir gün kaçacağını söylemiştim."

« Mais vous, les femmes, vous ne vouliez pas m'écouter,
n'est-ce pas ? »
"Ama siz kadınlar beni dinlemek istemediniz, değil mi?"
**Gregor comprit rapidement comment son père verrait les
choses.**
Gregor, babasının olaylara nasıl baktığını çabucak anladı.
Il avait mal interprété le message trop bref de Grete.
Grete'nin aşırı kısa mesajını yanlış anlamıştı.
Il supposa que Gregor avait commis un acte de violence.
Gregor'un bir şiddet eylemi gerçekleştirdiğini varsaydı.
**Gregor devait trouver un moyen d'apaiser son père d'une
manière ou d'une autre.**
Gregor bir şekilde babasını yatıştırmanın yolunu bulmalıydı.
Parce qu'il n'avait pas le temps de lui expliquer les choses.
Çünkü ona her şeyi açıklayacak vakti yoktu.
**Mais de toute façon, il n'aurait pas été capable d'expliquer
les choses.**
Ama zaten hiçbir şekilde olayları açıklayamazdı.
Il s'est donc enfui vers la porte et s'y est plaqué.
Bunun üzerine kapıya koştu ve kendini kapıya dayadı.
Ainsi, son père pourrait le voir depuis l'antichambre.
Bu sayede babası onu antreden görebiliyordu.
Et il pourrait constater qu'il avait les meilleures intentions.
Ve böylece en iyi niyetlerle hareket ettiğini görebilecekti.
Il n'était pas nécessaire de le repousser avec un balai.
Onu süpürgeyle geri itmeye hiç gerek yoktu.
Il aurait suffi que le père ouvre la porte.
Babanın yapması gereken tek şey kapıyı açmaktı.
Mais il n'était pas d'humeur à remarquer de telles subtilités.
Ama o, bu tür incelikleri fark edecek havada değildi.
« Te voilà ! » s'exclama-t-il dès qu'il entra.
İçeri girer girmez "İşte buradasın!" diye haykırdı.
C'était comme s'il était à la fois en colère et heureux.
Sanki aynı anda hem kızgın hem de mutluydu.
Il recula la tête et leva les yeux vers son père.
Başını geriye çekti ve babasına baktı.
Il n'avait pas imaginé son père debout là, dans cette position.

Babasının orada öylece duracağını hiç hayal etmemişti.
Mais ces derniers temps, il s'était trouvé une nouvelle distraction.
Ancak son zamanlarda yeni bir oyalama kaynağı bulmuştu.
Ramper occupait désormais une grande partie de sa journée.
Artık gününün büyük bir bölümünü emekleyerek geçiriyordu.
Auparavant, il se tenait au courant de toutes les nouvelles dans l'appartement.
Önceden, apartmandaki tüm haberleri takip ederdi.
Mais ces derniers temps, il n'y avait pas prêté beaucoup d'attention.
Ama son zamanlarda pek dikkat etmiyordu.
Il aurait dû se préparer à faire face aux changements.
Değişikliklerle karşılaşmaya hazırlıklı olmalıydı.
Pour autant, cet homme qui se tenait devant lui était-il encore son père ?
Yine de, karşısındaki bu adam hâlâ baba mıydı?
Était-ce le même homme qui avait l'habitude de rester allongé, fatigué, dans son lit ?
Eskiden yatağında yorgun argın yatan adam aynı kişi miydi?
Alors que Gregor était déjà parti en voyage d'affaires.
Gregor çoktan iş seyahatine çıkmıştı.
Était-ce le même homme qui le saluait le soir ?
Akşamları onu karşılayan adam aynı kişi miydi?
Lorsqu'il était en robe de chambre, dans son fauteuil.
Sabahlık giymiş halde koltuğunda otururken.
Était-ce le même homme qui n'avait pas pu se lever pour l'accueillir ?
O, onu karşılamak için ayağa kalkamayan aynı adam mıydı?
Restant assis, il leva le bras en signe de joie.
Oturduğu yerden kalkmadan, sevinç işareti olarak kolunu kaldırdı.
Était-ce le même homme avec qui il faisait parfois des promenades ?
Ara sıra birlikte yürüyüşe çıktığı adam aynı kişi miydi?
Exceptionnellement : quelques dimanches par an, ou les jours fériés.

Nadiren: yılda birkaç Pazar günü veya resmi tatillerde.

Était-ce le même homme qui marchait, enveloppé dans son pardessus ?

Paltosuna sarınmış halde yürüyen adam aynı kişi miydi?

S'est-il lentement avancé, entre la mère et lui ?

Acaba doğum sancıları yavaş yavaş, anne ile kendi arasında mı başladı?

Et ils marchaient déjà lentement à cause de lui.

Zaten onun yüzünden yavaş yürüyorlardı.

Mais à présent, cet homme se tenait droit et fort.

Ama şimdi bu adam dimdik ve güçlü bir şekilde ayakta duruyordu.

Il portait un uniforme bleu à boutons dorés.

Üzerinde altın düğmeli mavi bir üniforma vardı.

Les badges que portent les employés des institutions bancaires.

Bankacılık kurumlarında çalışanların taktığı düğmeler.

Au-dessus du col rigide, son double menton prononcé se dessinait.

Sert yakasının üzerinden belirgin çift çenesi ortaya çıktı.

Sous ses sourcils broussailleux, ses yeux noirs fixaient le vide.

Gür kaşlarının altından siyah gözleri dışarı bakıyordu.

À présent, ses yeux paraissaient perçants, frais et alertes.

Şimdi gözleri delici, canlı ve tetikte görünüyordu.

Les cheveux blancs, auparavant ébouriffés, étaient désormais peignés.

Daha önce dağınık olan beyaz saçlar düzleştirildi.

Et ses cheveux étaient désormais coiffés d'une raie centrale méticuleuse.

Saçları artık özenle ortadan ayrılmıştı.

Il jeta son chapeau, orné d'un monogramme en or.

Üzerinde altın bir monogram bulunan şapkasını fırlattı.

Il s'agissait probablement du monogramme de la banque pour laquelle il travaillait.

Muhtemelen çalıştığı bankanın monogramıydı.

Et le chapeau atterrit sur le canapé, pour être rangé plus tard.

Şapka da daha sonra kaldırılmak üzere kanepenin üzerine düştü.

Il repoussa le bas de sa longue veste d'uniforme.

Uzun üniforma ceketinin etek kısmını geriye doğru itti.

Et il mit ses pouces dans les poches de son pantalon.

Ve başparmaklarını pantolonunun ceplerine soktu.

Puis, le visage sombre, il s'avança vers Gregor.

Ardından, yüzünde asık bir ifadeyle Gregor'a doğru yürüdü.

Il ne savait probablement même pas ce qu'il comptait faire.

Muhtemelen ne yapmayı planladığını kendisi bile bilmiyordu.

Mais il leva néanmoins les pieds exceptionnellement haut.

Ama yine de ayaklarını alışılmadık derecede yukarı kaldırdı.

Gregor était stupéfait par la taille énorme de ses bottes.

Gregor, çizmelerinin muazzam büyüklüğüne hayret etti.

Mais il n'y avait vraiment pas le temps de s'extasier devant ses chaussures.

Ama ayakkabılarına hayran kalacak vakit gerçekten yoktu.

Le père avait opté pour une discipline très stricte.

Baba çok sıkı bir disiplin uygulamaya karar vermişti.

Seule la plus grande sévérité convenait à Gregor.

Gregor için yalnızca en ağır ceza uygundu.

Il le savait dès le premier jour de sa transformation.

O, dönüşümünün ilk gününden itibaren bunu biliyordu.

Il courut vers son père et s'arrêta quand celui-ci s'arrêta.

Babasına doğru koştu ve babası durunca o da durdu.

Il se précipita de nouveau vers lui lorsqu'il bougea à nouveau.

Adam tekrar hareket edince, o da hızla ona doğru koştu.

Le père marqua une pause, et Gregor fit de même.

Baba bir an duraksadı, Gregor da öyle.

Et il se précipita de nouveau en avant dès que son père eut bougé.

Babası hareket eder etmez tekrar ileri atıldı.

Ils firent ainsi plusieurs fois le tour de la pièce.

Bu şekilde odanın etrafında birkaç kez dolaştılar.

Aucun avantage décisif n'avait encore été obtenu par qui que ce soit.

Henüz kimse kesin bir üstünlük elde edememişti.

On n'aurait pas pu avoir l'impression d'une poursuite.

Bir kovalamaca izlenimi edinmek mümkün değildi.

Parce que tout l'événement se déroulait beaucoup trop lentement.

Çünkü tüm etkinlik çok yavaş ilerliyordu.

Gregor avait décidé de rester au sol.

Gregor yerde kalmaya karar vermişti.

Il aurait pu courir le long des murs et du plafond.

Duvarlara ve tavana tırmanabilirdi.

Mais il ne voulait pas provoquer inutilement le père.

Ama babayı gereksiz yere kışkırtmak istemedi.

Une telle évasion aurait pu paraître particulièrement perverse.

Böyle bir kaçış özellikle kötü niyetli görünebilirdi.

Gregor admit que cette poursuite ne pourrait pas durer beaucoup plus longtemps.

Gregor bu kovalamacanın daha fazla süremeyeceğini kabul etti.

Chaque étape nécessitait une myriade de mouvements.

Her adım, sayısız hamleyle karşılanmalıydı.

Il commençait déjà à avoir le souffle court.

Nefes darlığı hissetmeye başlamıştı bile.

Même avant cela, il n'avait jamais eu des poumons totalement fiables.

Daha öncesinde bile ciğerleri hiçbir zaman tamamen güvenilir olmamıştı.

Il avançait en titubant, économisant ses forces pour la course.

Sendelleyerek ilerledi, gücünü koşu için saklıyordu.

Il était si fatigué qu'il avait du mal à garder les yeux ouverts.

O kadar yorgundu ki gözlerini açık tutmakta bile zorlanıyordu.

Ses pensées étaient devenues trop lentes pour qu'il puisse envisager d'autres solutions.

Düşünceleri o kadar yavaşlamıştı ki başka kaçış yollarını düşünemez hale gelmişti.

Il avait presque oublié que les murs étaient à sa disposition.
Duvarların kendisine açık olduğunu neredeyse unutmuştu.
Mais les murs étaient de toute façon dissimulés derrière des meubles.
Ama duvarlar zaten mobilyaların arkasında gizliydi.
Et les meubles avaient trop d'encoches et de saillies.
Mobilyaların çok fazla girinti ve çıkıntısı vardı.
Et puis, juste à côté de lui, en roulant, il y avait une pomme.
Ve hemen yanında, yuvarlanarak duran bir elma vardı.
Il réalisa que la pomme avait dû lui être lancée.
Elmanın kendisine fırlatılmış olması gerektiğini anladı.
Mais il n'eut pas le temps de réfléchir qu'une autre pomme arriva.
Ama düşünmeye vakti kalmadan başka bir elma geldi.
Gregor resta figé, sous le choc de la nouvelle stratégie de son père.
Gregor, babasının yeni stratejisi karşısında şok içinde donakaldı.
Il ne pouvait plus rien gagner à essayer de fuir.
Artık kaçmaya çalışmaktan hiçbir şey kazanamazdı.
Le père avait décidé de le bombarder de fruits.
Baba, oğlunu meyvelerle boğmaya karar vermişti.
Il avait rempli ses poches avec les fruits du bol de la cuisine.
Mutfaktaki meyve tabağından ceplerini doldurmuştu.
Sans viser particulièrement, il lançait pomme après pomme.
Hedef almadan, elma üstüne elma fırlattı.
Ces petites pommes rouges roulaient sur le sol.
Bu küçük kırmızı elmalar yerde yuvarlanıyordu.
Comme électrifiées, les pommes se heurtèrent les unes aux autres.
Sanki elektrik çarpmış gibi, elmalar birbirine çarptı.
Une des pommes, lancée mollement, a effleuré le dos de Gregor.
Zayıf bir şekilde fırlatılan elmalardan biri Gregor'un sırtını sıyırdı.
Heureusement pour lui, la pomme a glissé sans le blesser.
Neyse ki elma zararsız bir şekilde elinden kayıp düştü.

Cependant, la pomme lancée ensuite était plus précise.
Ancak sonradan atılan elma daha isabetliydi.
Et cette pomme s'est logée profondément dans le dos de Gregor.
Ve bu elma Gregor'un sırtına iyice saplandı.
Gregor voulait s'éloigner de la douleur.
Gregor kendini acıdan uzaklaştırmak istiyordu.
Peut-être pourrait-on échapper à cette nouvelle douleur inimaginable.
Belki de bu yeni, inanılmaz acıdan kurtulmak mümkün olabilir.
Un changement d'endroit pourrait peut-être soulager son supplice.
Belki yer değiştirmek çektiği acıyı hafifletebilir.
Mais il avait l'impression d'être cloué au sol.
Ama kendini yere çivilenmiş gibi hissediyordu.
Il s'étira, mais seulement à cause de sa confusion.
Gerindi, ama bu sadece kafa karışıklığından kaynaklanıyordu.
Ce n'est qu'à son dernier regard qu'il vit la porte s'ouvrir.
Kapının açıldığını ancak son bir bakışıyla fark etti.
La mère s'est précipitée devant sa sœur qui hurlait.
Anne, çığlık atan kız kardeşinin önüne fırladı.
Sa sœur l'avait déshabillée, elle était donc encore en chemise.
Kız kardeşi onu soymuştu, bu yüzden sadece gömleğiyle kalmıştı.
Elle avait besoin de respirer pendant son inconscience.
Bilinçsizliği sırasında nefes alma alanına ihtiyacı vardı.
Il voyait encore la mère courir vers le père.
Annenin babaya doğru koştuğunu hâlâ görüyordu.
Ses jupes glissèrent au sol, l'une après l'autre.
Etekleri birer birer yere kaydı.
Il la vit s'approcher du père et trébucher sur sa jupe.
Kızın babaya doğru yaklaştığını ve eteğine takılıp düştüğünü gördü.
L'enlaçant, elle demanda qu'on épargne la vie de Gregor.
Onu kucaklayarak Gregor'un hayatının bağışlanmasını istedi.

En parfaite harmonie avec son corps, sa vue s'est éteinte.

Bedeniyle tam bir bütünleşme sonucu görme yeteneğini kaybetti.

Troisième partie
Üçüncü Bölüm

Gregor a souffert de cette grave blessure pendant plus d'un mois.

Gregor, bir aydan fazla bir süre boyunca bu ağır sakatlıkla mücadele etti.

La pomme restait incrustée ; personne n'osait l'enlever.

Elma sapından ayrılmadı; kimse onu çıkarmaya cesaret edemedi.

La pomme restait plantée dans sa chair comme un rappel visible.

Elma, görünür bir hatırlatıcı olarak vücudunda kaldı.

Mais la pomme servait aussi de rappel au père.

Ancak elma aynı zamanda baba için de bir hatırlatma niteliği taşıyordu.

Il comprit que Gregor ne devait pas être traité comme un ennemi.

Gregor'a düşman gibi davranılmaması gerektiğini anladı.

Actuellement, son apparence pourrait être triste et repoussante.

Şu anki görünümü üzücü ve iğrenç olabilir.

Mais il restait néanmoins un membre de leur famille.

Ancak yine de onların ailesinin bir üyesiydi.

Il a fallu accepter et tolérer cette réticence.

Bu isteksizlik yutulmalı ve katlanılmalıydı.

En raison de sa blessure, il risque fort de perdre sa mobilité à jamais.

Aldığı yara nedeniyle hareket kabiliyetini sonsuza dek kaybetmiş olabilir.

Il continuait à ramper dans sa chambre, mais beaucoup plus lentement.
Odasında hâlâ emekleyerek dolaşıyordu, ama çok daha yavaş.
Ramper à une quelconque hauteur était hors de question.
Yüksek yerlerde sürünmek kesinlikle söz konusu bile değildi.
Mais Gregor a bien reçu une forme de compensation.
Ancak Gregor bir tür tazminat aldı.
Le soir, la porte du salon lui fut ouverte.
Akşamları oturma odasının kapısı onun için açıldı.
Et il estimait que ces réparations étaient tout à fait adéquates.
Ve bu tazminatların tamamen yeterli olduğunu düşünüyordu.
Avant le soir, il avait déjà commencé à surveiller la porte.
Akşam olmadan önce bile kapıyı gözetlemeye başlamıştı.
Il était allongé dans l'obscurité, invisible depuis le salon.
Karanlıkta, oturma odasından görünmeyecek şekilde uzanıyordu.
Il pouvait voir toute la famille à la table illuminée.
Aydınlatılmış masanın başında tüm aileyi görebiliyordu.
Il était désormais autorisé à écouter leurs conversations.
Artık onların konuşmalarını dinlemesine izin verilmişti.
C'était très différent de leur arrangement précédent.
Bu, önceki düzenlemelerinden oldukça farklıydı.
Les conversations animées d'autrefois étaient terminées.
Eskiden yaşanan o canlı sohbetler sona ermişti.
C'étaient ces conversations qu'il désirait tant.
İşte o, bu tür konuşmaları çok özlemişti.
Lorsqu'il dormait seul dans de petites chambres d'hôtel.
Küçük otel odalarında yalnız başına uyurken.
Quand il a dû se jeter dans les draps humides.
Kendini nemli yatak örtülerinin içine atmak zorunda kaldığında.
Mais les soirées étaient désormais généralement calmes et sans incident.
Ancak akşamlar artık çoğunlukla sakin ve olaysız geçiyordu.
Le père s'est endormi dans son fauteuil après le dîner.
Baba, akşam yemeğinden sonra koltuğunda uyuyakaldı.

Et la mère et la sœur s'exhortaient mutuellement à se taire.
Anne ve kız kardeş birbirlerini sessiz olmaya çağırdılar.
La mère, penchée très haut sur la lampe, cousait du lin.
Anne, lambaya doğru eğilerek keten kumaş dikiyordu.
Elle confectionne maintenant des robes pour l'un des magasins de mode.
Şimdi moda mağazalarından biri için elbiseler dikiyor.
Comme Gregor, sa sœur avait trouvé un emploi de vendeuse.
Gregor gibi kız kardeşi de satış elemanı olarak işe girmişti.
Elle apprenait la sténographie et le français le soir.
Akşamları stenografi ve Fransızca öğreniyordu.
Afin qu'elle puisse peut-être obtenir un meilleur poste plus tard.
Böylece belki ileride daha iyi bir iş pozisyonu bulabilirdi.
Parfois, le père se réveillait de sa sieste du soir.
Bazen baba akşam uykusundan uyanırdı.
« Chérie, tu as déjà cousu tellement longtemps aujourd'hui ! »
"Sevgilim, bugün çok uzun zamandır dikiş dikiyorsun!"
Il semblait avoir oublié qu'il dormait.
Uyuduğunu unutmuş gibiydi.
Mais il retombait aussitôt dans son sommeil.
Ama o hemen tekrar uykuya daldı.
Et la mère et la sœur s'échangèrent un sourire las.
Anne ve kız kardeş birbirlerine yorgun bir gülümsemeyle baktılar.
Le père avait développé une étrange nouvelle obstination.
Babada garip bir inatçılık gelişmişti.
Même chez lui, il refusait d'enlever son uniforme de domestique.
Evde bile hizmetçi üniformasını çıkarmayı reddetti.
Et son peignoir pendait inutilement sur le cintre.
Ve sabahlığı askıda işe yaramaz bir şekilde asılı kaldı.
Le père dormit donc, tout habillé, dans son fauteuil.
Baba, giyinik halde koltuğunda uyudu.
C'était comme s'il était toujours prêt à rendre service.

Sanki her zaman hizmetini yerine getirmeye hazır gibiydi.

Comme s'il attendait simplement la voix de son supérieur.

Sanki amirinin sesini bekliyordu.

Cela a eu pour conséquence que son uniforme a perdu sa propreté.

Bu durum, üniformasının temizliğinin bozulmasına yol açtı.

Bien que l'uniforme ne fût pas neuf lorsqu'il l'a reçu.

Üniformayı aldığında da yeni değildi aslında.

Et la mère faisait de son mieux pour prendre soin de l'uniforme.

Ve anne de üniformaya en iyi şekilde bakmaya çalıştı.

Gregor passait des soirées entières à contempler cet uniforme.

Gregor bütün akşamlarını bu üniformaya bakarak geçirdi.

Il observa le vieil homme dormir très mal.

Yaşlı adamın son derece rahatsız bir şekilde uyuduğunu izledi.

Mais dans son sommeil, il remarqua aussi quelque chose de paisible.

Ancak uykusunda huzurlu bir şey de fark etti.

Lorsque l'horloge a sonné dix heures, la mère a essayé de le réveiller.

Saat onu gösterdiğinde anne onu uyandırmaya çalıştı.

Elle lui parla doucement et le persuada d'aller se coucher.

Kadın sakin bir sesle konuştu ve onu yatağa gitmeye ikna etti.

Parce que dormir sur un fauteuil, ce n'était pas du vrai sommeil.

Çünkü koltukta uyumak gerçek uyku değildi.

Il allait devoir commencer à travailler à six heures.

Saat altıda işe başlaması gerekecekti.

Il avait donc vraiment besoin de dormir le mieux possible.

Bu yüzden gerçekten de olabildiğince iyi uyuması gerekiyordu.

Mais il était pris d'une nouvelle forme d'obstination.

Fakat o, yeni bir tür inatçılığa kapılmıştı.

Le fait de devenir serviteur avait commencé à avoir cet effet sur lui.

Hizmetçi olmak onda bu etkiyi yaratmaya başlamıştı.
Il insistait donc toujours pour rester plus longtemps à table.
Bu yüzden her zaman masada daha uzun süre kalmakta ısrar ederdi.
Bien qu'il se rendormît régulièrement dans son fauteuil.
Yine de düzenli olarak koltuğunda uyuyakalıyordu.
Et il ne pouvait être déplacé qu'avec la plus grande difficulté.
Ve onu yerinden oynatmak son derece zordu.
Il a fallu lui dire que ce lit lui conviendrait mieux.
Ona yatağın kendisi için daha iyi olacağı söylenmeliydi.
La mère et la sœur ont dû insister, malgré quelques avertissements.
Annem ve kız kardeşim, ufak tefek uyarılarla da olsa ısrar etmek zorunda kaldılar.
Pendant quinze minutes, il se contenta de secouer lentement la tête.
On beş dakika boyunca sadece yavaşça başını salladı.
Et il garda les yeux fermés et refusa de se lever.
Gözlerini kapalı tuttu ve kalkmayı reddetti.
La mère tira doucement, mais fermement, sur sa manche.
Anne, nazikçe ama kararlı bir şekilde oğlunun kolundan çekiştirdi.
Et elle lui murmurait des mots flatteurs à l'oreille, encore fatiguée.
Ve yorgun kulaklarına iltifat dolu sözler fısıldadı.
La sœur a interrompu sa tâche pour aider sa mère.
Kız kardeş, annesine yardım etmek için yaptığı işi bıraktı.
Mais aucun de leurs efforts n'a fonctionné sur le père.
Ama onların hiçbir çabası baba üzerinde işe yaramadı.
Il s'enfonça encore plus profondément dans son fauteuil, prêt à dormir.
Uykuya dalmaya hazırlanarak koltuğuna daha da gömüldü.
Et finalement, les femmes l'ont attrapé sous les aisselles.
Ve sonunda kadınlar onu koltuk altlarından yakaladılar.
Il ouvrit les yeux et les regarda tour à tour.
Gözlerini açtı ve onlara sırayla baktı.

« Quelle vie ! » se plaignit-il en allant se coucher.

Yatağa giderken, "Ne hayat ama!" diye yakındı.

« Est-ce là la paix qui m'a été accordée dans ma vieillesse ? »

"Yaşlılığımda bana bahşedilen huzur bu mu?"

Mais alors, s'appuyant sur les deux femmes, il se leva maladroitement.

Ama sonra, iki kadına yaslanarak, beceriksizce ayağa kalktı.

Il agissait comme s'il portait le fardeau le plus lourd.

Sanki çok ağır bir yükü omuzlarında taşıyormuş gibi davrandı.

Il laissa les deux femmes le conduire au fond de la pièce.

İki kadının kendisini odanın sonuna kadar götürmesine izin verdi.

Là, il leur souhaita bonne nuit et poursuivit son chemin seul.

Orada onlara iyi geceler diledi ve kendi yoluna devam etti.

Mais la mère jeta précipitamment son nécessaire à couture.

Ama anne aceleyle dikiş takımını yere attı.

Et la sœur posa elle aussi le stylo et le bloc-notes.

Kız kardeş de kalemi ve not defterini bıraktı.

Et ils coururent derrière le père pour l'aider davantage.

Ve babalarına yardım etmek için onun arkasından koştular.

Qui, dans cette famille surmenée, avait du temps à consacrer à Gregor ?

Bu aşırı çalışan ailede Gregor'a vakit ayırabilecek kim vardı?

Qui aurait pu lui accorder plus d'attention que nécessaire ?

Ona gerekenden fazla ilgi göstermiş olabilecek kim vardı?

Le budget des ménages est devenu de plus en plus restreint.

Hane halkı bütçesi giderek daha da kısıtlandı.

Finalement, pour faire des économies, ils ont dû licencier la bonne.

Sonunda, para tasarrufu yapmak için hizmetçiyi işten çıkarmak zorunda kaldılar.

Elle fut remplacée par une femme à la carrure imposante et aux cheveux blancs.

Onun yerine iri yapılı, beyaz saçlı bir kadın getirildi.

Mais cette femme ne venait que le matin et le soir.

Fakat bu kadın sadece sabahları ve akşamları geliyordu.

Et tout le travail le plus lourd et le plus pénible lui avait été
réservé.
En ağır ve en zor işlerin hepsi ona bırakılmıştı.
Toutes les autres tâches ménagères étaient prises en charge
par la mère.
Diğer tüm ev işlerini anne hallediyordu.
Il est même arrivé que plusieurs bijoux de famille soient
vendus.
Hatta çeşitli aile mücevherlerinin satıldığı da oldu.
Des bijoux que les femmes avaient portés avec joie lors des
festivités.
Kadınların kutlamalar sırasında mutlulukla taktıkları takılar.
Gregor a appris cela lors d'une discussion générale.
Gregor bunu genel tartışmalardan birinde öğrendi.
Le principal grief, cependant, portait sur autre chose.
Ancak en büyük şikayet bambaşka bir şeydi.
L'appartement était trop grand, mais ils ne pouvaient pas
déménager.
Daire çok büyüktü ama taşınamıyorlardı.
Il était impossible de déplacer Gregor.
Gregor'u başka bir yere taşımalarının hiçbir yolu yoktu.
Mais Gregor comprit que ce n'était pas seulement une
question de considération.
Ancak Gregor bunun sadece bir düşünce meselesi olmadığını
fark etti.
Quelque chose d'autre les a empêchés de déménager
ailleurs.
Başka bir şey onların başka bir yere taşınmalarını engelledi.
Il aurait facilement pu être transporté dans une caisse
appropriée.
Uygun bir kutu içinde kolaylıkla taşınabilirdi.
Leur sentiment de désespoir total les a paralysés.
Tamamen umutsuzluğa kapılmaları onları geri tuttu.
Ils ne voulaient pas admettre que le malheur les avait
frappés.
Başlarına gelen felaketi kabul etmek istemediler.
Ils ont accompli ce que le monde exige des pauvres.

Dünyanın yoksullardan beklediği her şeyi yerine getirdiler.
Le père a apporté le petit déjeuner au jeune employé de banque.
Baba, küçük banka memuru için kahvaltı getirdi.
La mère s'est sacrifiée pour laver le linge d'inconnus.
Anne, tanımadığı insanların çamaşırları için kendini feda etti.
La sœur faisait des allers-retours pour prendre les commandes des clients.
Rahibe, müşterilerin siparişlerini almak için sürekli ileri geri koşturdu.
Mais ils n'avaient tout simplement plus la force d'en faire plus.
Ama artık daha fazlasını yapacak güçleri kalmamıştı.
La blessure dans le dos de Gregor commença à le faire encore plus souffrir.
Gregor'un sırtındaki yara daha da çok acımaya başladı.
Chaque soir, la mère et la sœur amenaient le père au lit.
Her gece anne ve kız kardeş babayı yatağa getirirdi.
Ils laissèrent leur travail où il était et s'assirent ensemble.
Yaptıkları işleri oldukları yerde bıraktılar ve birlikte oturdular.
Ils se rapprochèrent et s'assirent joue contre joue.
Ve birbirlerine daha da yaklaştılar, yanak yanağa oturdular.
La mère désigna la pièce d'où il observait.
Anne, oğlunun izlediği odayı işaret etti.
« Pourriez-vous fermer la porte ? » demanda-t-elle à sa sœur.
"Kapıyı kapatır mısın?" diye sordu kız kardeşine.
Et Gregor se retrouva de nouveau seul dans le noir.
Ve sonra Gregor yine karanlıkta yapayalnız kaldı.
Et dans la pièce voisine, la femme mêla leurs larmes.
Yan odada ise kadınlar gözyaşlarını birbirine karıştırdılar.
Ou bien ils restaient assis, les yeux secs, fixant simplement la table.
Ya da gözyaşlarını tutmuş bir şekilde, sadece masaya bakarak oturuyorlardı.
Gregor ne dormait pratiquement pas, ni la nuit ni le jour.
Gregor neredeyse hiç uyumuyordu, ne gece ne de gündüz.

Il réfléchissait souvent à la façon dont il pourrait aider sa famille.

Aileye nasıl yardımcı olabileceğini sık sık düşünürdü.

Il songea à gagner à nouveau de l'argent pour eux.

Onlar için tekrar para kazanmayı düşündü.

Il songea à faire ce qu'il faisait autrefois pour eux.

Eskiden onlar için yaptığı şeyleri yapmayı düşündü.

Le représentant autorisé lui revint dans ses pensées.

Yetkili temsilci aklına tekrar geldi.

Et cette fois, le patron est également venu à l'appartement.

Bu sefer patron da daireye geldi.

Et les commis et les apprentis étaient là aussi.

Katipler ve çıraklar da oradaydı.

Même le domestique un peu simplet est venu le voir.

Hatta zekâ geriliği olan ofis çalışanı bile onu görmeye geldi.

Il y avait deux ou trois amis d'autres entreprises.

Diğer işletmelerden iki veya üç arkadaş daha vardı.

Une des femmes de chambre d'un hôtel de province.

Taşradaki bir otelde çalışan oda hizmetçilerinden biri.

Un souvenir précieux et fugace auquel il s'efforçait de s'accrocher.

Tutunmaya çalıştığı, kıymetli ama geçici bir anıydı bu.

Une caissière d'une chapellerie pour laquelle il avait des intentions.

Şapka dükkanında çalışan ve kendisine ilgi duyduğu bir kasiyer.

Mais il avait été un peu trop lent à obtenir son approbation.

Ama onun onayını kazanmakta biraz fazla yavaş kalmıştı.

Ils lui apparurent tous, mêlés à des inconnus.

Hepsi zihninde belirdi, yabancılarla karışmışlardı.

Et d'autres n'apparurent pas ; ils étaient déjà oubliés.

Diğerleri ise ortaya çıkmadı; çoktan unutulmuşlardı.

Mais ils ne l'ont pas aidé, ni lui, ni sa famille.

Ama ne ona ne de ailesine yardım etmediler.

Ils étaient inaccessibles, et il était content quand ils sont partis.

Onlara ulaşmak imkansızdı ve gittiklerinde çok sevinmişti.

Il n'était pas toujours d'humeur à se soucier de sa famille.
Ailesiyle ilgili endişelenmek için her zaman istekli değildi.
Et il était rempli de rage à cause de ce manque d'attention.
Ve kendisine yeterince ilgi gösterilmemesinden dolayı öfkeyle
dolmuştu.
Et il ne pouvait imaginer rien qui puisse lui faire envie.
Ve iştah duyabileceği hiçbir şeyi hayal edemiyordu.
**Mais il avait tout de même prévu de cambrioler le garde-
manger.**
Ama yine de kilerde hırsızlık yapma planları yapmaya devam
etti.
Et il allait prendre tout ce qui lui était dû.
Ve hak ettiği her şeyi alacaktı.
Sa sœur ne faisait plus aucun effort particulier pour lui.
Kız kardeşi artık onun için özel bir çaba göstermiyordu.
Elle ne consacrait plus de temps à chercher à lui plaire.
Artık onun hoşuna gitmeyi düşünerek vakit geçirmiyordu.
**Avant d'aller travailler, elle a rapidement glissé de la
nourriture dans la pièce.**
İşe başlamadan önce odaya hızlıca biraz yemek getirdi.
Et le soir venu, elle a rapidement ramassé les restes.
Akşamleyin de yemek artıklarını hızla tekrar topladı.
Elle ne faisait plus attention à savoir s'il avait mangé ou non.
Yemek yiyip yemediğini artık fark etmiyordu.
Le plus souvent, la nourriture restait intacte.
Artık çoğu zaman yiyeceklere dokunulmuyordu.
Elle continuait de traverser la pièce rapidement le soir.
Akşamları bile odanın içinde hızla dolaşırdı.
**Mais maintenant, elle se contentait du strict minimum, aussi
vite que possible.**
Ama şimdi olabildiğince hızlı bir şekilde, asgari düzeyde iş
yapıyordu.
Des traînées de saleté jonchaient les murs.
Duvarlarda kir izleri kalmıştı.
Des boules de poussière et de détritus jonchaient le sol.
Yerde toz ve çöp yığınları kalmıştı.

Gregor manifesta son désapprobation face à son manque d'attention.
Gregor, kadının ilgisizliğinden duyduğu hoşnutsuzluğu belli etti.
Il se tourna selon un angle particulièrement significatif.
Kendini özellikle dikkat çekici bir açıyla çevirdi.
Mais il aurait pu rester à ce poste pendant des semaines.
Ama o, haftalarca bu pozisyonda kalabilirdi.
Sa sœur n'aurait pas remarqué son mécontentement.
Kız kardeşi onun memnuniyetsizliğini fark etmezdi.
Elle voyait la saleté aussi bien que lui, voire mieux.
O da en az onun kadar, hatta belki daha iyi, kiri görebiliyordu.
Mais elle avait décidé de laisser la saleté où elle était.
Ama o, toprağı olduğu yerde bırakmaya karar vermişti.
À cette époque, elle a développé une sensibilité totalement nouvelle.
O dönemde tamamen yeni bir duyarlılık geliştirdi.
Elle s'était donné pour mission de nettoyer la chambre de Gregor.
Gregor'un odasını temizlemeyi kendi sorumluluğu haline getirmişti.
La famille a été touchée par sa gentillesse et sa prévenance.
Ailesi onun nazik ve düşünceli davranışından çok etkilendi.
Une fois, sa mère avait nettoyé sa chambre de fond en comble.
Bir keresinde annesi oğlunun odasını iyice temizlemişti.
Ce n'est qu'après avoir utilisé plusieurs seaux d'eau qu'elle a réussi.
Ancak birkaç kova su kullandıktan sonra başarılı oldu.
Cependant, l'humidité nouvelle dans la pièce a nui à Gregor.
Ancak odadaki yeni nem Gregor'a zarar verdi.
Et il gisait, étendu de tout son long, amer et immobile sur le canapé.
Ve kanepede geniş, acı dolu ve hareketsiz bir şekilde yatıyordu.
Mais ce n'était que sa première punition pour avoir aidé.
Ama bu, yardım ettiği için aldığı ilk cezaydı.

La sœur remarqua rapidement le changement dans la chambre de Gregor.

Rahibe, Gregor'un odasındaki değişikliği hemen fark etti.

Et elle s'est précipitée dans le salon, extrêmement insultée.

Ve çok kırılmış bir şekilde oturma odasına koştu.

Sa mère leva les mains et tenta de la supplier.

Annesi ellerini kaldırdı ve ona yalvarmaya çalıştı.

Mais malgré une explicaîion sincère, elle a éclaté en sanglots.

Ancak samimi açıklamasına rağmen gözyaşlarına boğuldu.

Le père, bien sûr, sursauta et se leva de sa chaise.

Baba elbette yerinden fırladı.

Et les deux parents regardaient, stupéfaits et impuissants.

Ve iki ebeveyn de şaşkınlık ve çaresizlik içinde olanları izledi.

Et finalement, leurs émotions s'agitèrent elles aussi.

Ve sonunda onların duyguları da kabardı.

Le père a reproché à la mère ce qu'elle avait fait.

Baba, annesini yaptığı şeyden dolayı azarladı.

« Tu aurais dû laisser la chambre à Grete pour qu'elle la nettoie. »

"Odayı Grete'nin temizlemesi için bırakmalıydın."

Grete a crié sur sa mère parce qu'elle avait nettoyé sa chambre.

Grete, annesine odasını temizlediği için bağırdı.

«Tu n'as plus jamais le droit de nettoyer sa chambre !»

"Onun odasını bir daha asla temizlemene izin verilmeyecek!"

La mère a essayé d'entraîner le père dans la chambre.

Anne, babayı yatak odasına sürüklemeye çalıştı.

La sœur resta seule dans la pièce, tremblante et sanglotant.

Kız kardeş odada titreyerek ve hıçkıra hıçkıra ağlayarak yalnız bırakıldı.

Et elle frappa la table avec ses petits poings.

Ve küçük yumruklarıyla masaya vurdu.

Et Gregor siffla bruyamment de colère contre eux tous.

Gregor ise hepsine öfkeyle yüksek sesle tısladı.

Pourquoi personne n'avait-il pensé à lui fermer la porte ?

Neden kimse onun için kapıyı kapatmayı düşünmemişti?

Ils auraient pu lui épargner ce spectacle et ce bruit.
Onu bu manzaradan ve gürültüden kurtarabilirlerdi.
Sa sœur était épuisée après être rentrée du travail.
Kız kardeş işten eve döndükten sonra çok yorgundu.
Et s'occuper de Gregor représentait encore plus de travail pour elle.
Gregor'a bakmak ise onun için daha da fazla iş anlamına geliyordu.
Mais cela ne signifie pas que la mère aurait dû le faire.
Ama bu, annenin bunu yapması gerektiği anlamına gelmiyordu.
Gregor, en revanche, ne doit pas être négligé.
Öte yandan Gregor da ihmal edilmemeli.
Mais maintenant, ils avaient une nouvelle bonne qui pouvait faire ce genre de choses.
Ama artık bu tür işleri yapabilecek yeni bir hizmetçileri vardı.
Une veuve âgée à la charpente osseuse robuste.
Kemik yapısı sağlam olan yaşlı bir dul kadın.
Une stature qui l'a aidée à survivre à sa vie difficile.
Bu fiziksel yapı, zorlu hayatını atlatmasına yardımcı oldu.
L'apparence de Gregor ne lui déplaisait pas vraiment.
Gregor'un görünüşüne karşı gerçek bir antipatisi yoktu.
Elle avait ouvert la porte de la chambre de Gregor par inadvertance.
Gregor'un odasının kapısını yanlışlıkla açmıştı.
Ce n'était pas par curiosité particulière à propos de la pièce.
Odaya dair özel bir merakım yoktu.
Elle faisait simplement son travail et a ouvert la porte par hasard.
O sadece işini yapıyordu ve tesadüfen kapıyı açtı.
Gregor, bien sûr, fut complètement surpris par elle.
Gregor, elbette, onun bu davranışına tamamen şaşırdı.
Il n'était pas poursuivi, mais il courait d'avant en arrière.
Kovalanmıyordu ama ileri geri koşuyordu.
Elle croisa simplement les bras et le regarda ramper.
O da kollarını kavuşturup onun emeklemesini izledi.
Depuis lors, elle lui entrouvrait toujours un peu la porte.

O zamandan beri, her zaman ona kapıyı biraz araladı.
Un matin, elle a jeté un coup d'œil pour voir comment il allait.
Sabahları bir kez onun nasıl olduğunu görmek için içeri baktı.
Et le soir, elle est allée prendre de ses nouvelles avant de partir.
Akşamları da ayrılmadan önce onu kontrol etti.
Au début, elle a aussi essayé de l'appeler pour qu'il vienne la rejoindre.
İlk başta o da onu yanına gelmesi için çağırmaya çalıştı.
« Viens par ici, vieux bousier ! » disait-elle.
"Buraya gel, yaşlı bok böceği!" derdi eskiden.
Ou bien elle disait, amicalement : « Regardez ce vieux bousier ! »
Ya da "Şu yaşlı gübre böceğine bakın!" dedi, dostça bir şekilde.
Gregor n'a jamais réagi lorsqu'on lui parlait de cette façon.
Gregor, kendisine bu şekilde hitap edilmesine asla karşılık vermedi.
Il resta là, immobile, et l'ignora.
Orada öylece kaldı, hiç kıpırdamadı ve onu görmezden geldi.
« Si seulement on lui avait expliqué comment faire correctement son travail. »
"Keşke ona işini nasıl doğru yapacağı anlatılmış olsaydı."
« Au lieu de me déranger, elle devrait nettoyer ma chambre. »
"Beni rahatsız etmek yerine odamı temizlemeliydi."
Tôt le matin, une forte pluie a frappé les fenêtres.
Bir sabahın erken saatlerinde şiddetli bir yağmur pencerelere vurdu.
Peut-être la pluie était-elle déjà un signe du printemps à venir.
Belki de yağmur, yaklaşan baharın bir işaretiydi.
La bonne recommença à lui parler de cette façon.
Hizmetçi kadın ona tekrar aynı şekilde konuşmaya başladı.
Gregor était tellement amer qu'il se tourna vers elle.
Gregor o kadar öfkelenmişti ki, ona doğru döndü.
Il était lent et infirme, mais c'était une sorte d'attaque.

Yavaş ve güçsüzdü, ama bir tür krizdi.
La bonne, en revanche, n'avait absolument pas peur de Gregor.
Hizmetçi kız ise Gregor'dan hiç korkmuyordu.
Au lieu de cela, elle souleva une chaise qui se trouvait près de la porte.
Bunun yerine, kapının yanındaki bir sandalyeyi kaldırdı.
Et elle resta là, calmement, la bouche grande ouverte.
Ve o, orada, ağzı sonuna kadar açık, sakin bir şekilde durdu.
Ses intentions étaient claires, même Gregor pouvait le voir.
Niyetleri apaçık ortadaydı, bunu Gregor bile görebiliyordu.
Et il se retourna lentement pour reprendre sa position initiale.
Ve yavaşça, ilk konumuna geri döndü.
« Donc vous ne voulez pas vous approcher davantage, n'est-ce pas ? »
"Yani daha fazla yaklaşmak istemiyorsunuz, öyle mi?"
Et elle remit discrètement la chaise dans le coin.
Ve sessizce sandalyeyi köşeye geri koydu.

Gregor ne mangeait presque plus rien.
Gregor artık neredeyse hiçbir şey yemiyordu.
Parfois, lors de ses promenades dans la pièce, il s'arrêtait.
Bazen odanın içinde dolaşırken dururdu.
Et il se retrouva à côté du repas qui lui avait été préparé.
Ve kendini kendisi için hazırlanmış yemeğin yanında buldu.
Il mit la nourriture dans sa bouche, mais seulement pour jouer avec.
Yiyeceği ağzına attı, ama sadece onunla oynamak için.
Et bien souvent, il le recrachait quelques heures plus tard.
Ve çoğu zaman birkaç saat sonra onu tekrar tükürürdü.
Il essaya de trouver une raison à son manque d'appétit.
İştahsızlığının nedenini bulmaya çalıştı.
Peut-être parce qu'il était triste de l'état de sa chambre.
Belki de odasının halinden dolayı üzgündü.
Mais il s'était fait à l'idée des changements survenus dans la pièce.

Ama odadaki değişikliklere alışmıştı.

Récemment, sa chambre était devenue une sorte de débarras.

Son zamanlarda odası bir nevi depoya dönüşmüştü.

Ils avaient pris l'habitude de laisser des choses là.

Eşyalarını orada bırakma alışkanlığı edinmişlerdi.

Et il restait maintenant beaucoup de choses de ce genre dans sa chambre.

Odasında artık bu türden birçok şey kalmıştı.

Parce qu'une chambre de l'appartement avait été louée.

Çünkü dairenin bir odası kiraya verilmişti.

Trois messieurs sérieux louaient la chambre ensemble.

Üç ciddi beyefendi odayı birlikte kiralamıştı.

Gregor les avait aperçus un jour à travers une fente dans la porte.

Gregor bir keresinde onları kapı aralığından fark etmişti.

Ils portaient des barbes fournies et étaient habillés avec un soin méticuleux.

Sakalları gürdü ve özenle giyinmişlerdi.

Ils étaient scrupuleux quant à la propreté des lieux.

Her şeyi düzenli tutma konusunda çok titizdiler.

Leur obsession pour la propreté ne s'arrêtait pas à leur chambre.

Temizlik konusundaki ısrarları sadece odalarıyla sınırlı kalmadı.

L'appartement entier devait être maintenu d'une propreté impeccable.

Dairenin tamamının kusursuz bir şekilde temiz tutulması gerekiyordu.

Ils étaient encore plus pointilleux sur l'apparence de la cuisine.

Mutfak görünümüne de çok daha fazla önem veriyorlardı.

Et ils ne supportaient aucun encombrement inutile.

Ve gereksiz dağınıklığa tahammül edemiyorlardı.

Ils avaient également apporté leurs propres meubles.

Yanlarında kendi mobilyalarını da getirmişlerdi.

C'est pourquoi beaucoup de choses étaient devenues superflues.

Bu nedenle birçok şey gereksiz hale gelmişti.

C'étaient des choses pour lesquelles personne n'aurait payé.

Bunlar, kimsenin para ödemeyeceği şeylerdi.

Mais la famille ne voulait pas non plus se débarrasser de ces objets.

Ancak aile bu eşyaları atmak da istemiyordu.

Tous ces objets ont fini quelque part dans la chambre de Gregor.

Bütün bu eşyalar bir şekilde Gregor'un odasına gitti.

Le cendrier de la cuisine se trouvait désormais dans sa chambre.

Mutfaktaki küllük artık onun odasında duruyordu.

Et les ordures étaient entreposées dans sa chambre jusqu'au jour de la collecte.

Çöp, çöp toplama gününe kadar onun odasında saklanıyordu.

La bonne a jeté dans sa chambre tout ce dont elle n'avait pas besoin.

Hizmetçi, ihtiyacı olmayan her şeyi onun odasına attı.

Heureusement, il n'a vu que la main et l'objet.

Neyse ki, adam elden ve eşyadan başka bir şey görmedi.

Elle comptait probablement revenir chercher les affaires plus tard.

Muhtemelen eşyaları daha sonra almak için geri dönmeyi planlıyordu.

Ou peut-être voulait-elle tout jeter d'un coup.

Ya da belki de her şeyi bir anda atmak istedi.

Cependant, tout est resté là où il s'était initialement posé.

Ancak her şey ilk düştüğü yerde kaldı.

À moins que Gregor n'ait déplacé les débris en se faufilant à travers.

Gregor, çöplerin arasından sürünerek geçmediği sürece...

Au début, il a été obligé de ramper à travers tous les détritus.

İlk başta tüm bu hurda yığınlarının arasından sürünerek geçmek zorunda kaldı.

Il lui était impossible d'éviter cela.

Bunu yapmaktan kaçınmasının hiçbir yolu yoktu.

Mais plus tard, il a finalement trouvé du plaisir dans cette activité.

Ama sonradan bu aktiviteden gerçekten zevk almaya başladı.

Bien que ces efforts l'aient laissé triste et profondément fatigué.

Bu çaba onu üzgün ve çok yorgun bırakmış olsa da.

Et ensuite, il est resté incapable de bouger pendant de nombreuses heures.

Ve sonrasında saatlerce hareket edemedi.

Les locataires prenaient parfois leurs repas dans le salon.

Konuklar bazen yemeklerini oturma odasında yiyorlardı.

La porte du salon restait fermée ces soirs-là.

O akşamlar oturma odasının kapısı kapalı kalırdı.

Mais Gregor n'avait aucune difficulté à ne pas ouvrir la porte à présent.

Ama Gregor'un artık kapıyı açmamakta hiçbir sakıncası yoktu.

Même lorsque la porte était ouverte, il ne regardait pas toujours dehors.

Kapı açık olsa bile her zaman dışarı bakmazdı.

Mais il s'allongea dans le coin le plus sombre de la pièce.

Ama o odanın en karanlık köşesine uzandı.

La famille n'a pas non plus remarqué son manque d'attention.

Aile de onun ilgisizliğini fark etmedi.

Mais une fois, la bonne a laissé la porte ouverte.

Ama bir keresinde hizmetçi kapıyı açık bırakmıştı.

La porte est restée ouverte même au retour des locataires.

Konuklar geri döndüklerinde bile kapı açık kaldı.

Et la porte était ouverte quand la lumière a été allumée.

Işık açıldığında kapı açıktı.

L'homme était assis à la table où la famille dînait.

Adam, ailenin yemek yediği masaya oturdu.

Autrefois, père, mère et Gregor étaient assis là.

Eskiden baba, anne ve Gregor orada otururlardı.

Ils déplièrent les serviettes et prirent des couteaux et des fourchettes.

Peçeteleri açtılar ve bıçakla çatalları aldılar.
La mère apparut sur le seuil avec un bol de viande.
Anne elinde bir kase etle kapıda belirdi.
Puis sa sœur est entrée avec un bol plein de pommes de terre.
Sonra kız kardeş elinde patates dolu bir kaseyle içeri girdi.
Les locataires se penchèrent sur les bols placés devant eux.
Konuklar önlerine konulan kaselere doğru eğildiler.
L'épaisse fumée des aliments leur montait jusqu'au nez.
Yemeklerden yükselen yoğun duman burunlarına kadar ulaşıyordu.
Mais ils n'avaient pas encore décidé s'ils allaient manger.
Ama yemeği yiyip yemeyeceklerine henüz karar vermemişlerdi.
Peut-être renverraient-ils le plat en cuisine.
Belki de yemeği mutfağa geri göndereceklerdir.
L'homme assis au milieu semblait être l'autorité.
Ortada oturan adam otorite sahibi gibi görünüyordu.
Il a coupé la viande pour déterminer si elle était suffisamment tendre.
Etin yeterince yumuşak olup olmadığını anlamak için kesti.
Il était satisfait de l'odeur et de l'apparence des aliments.
Yemeğin kokusu ve görünümünden memnun kaldı.
La mère et la sœur les observaient avec anxiété.
Anne ve kız kardeş onları endişeyle izliyorlardı.
Et ils commencèrent à sourire, poussant un soupir de soulagement accumulé.
Ve içlerinde biriken rahatlama duygusuyla derin bir nefes alıp gülümsemeye başladılar.
La famille allait elle-même manger dans la cuisine.
Ailenin kendisi mutfakta yemek yiyecekti.
Mais avant cela, le père alla voir comment allaient les locataires.
Ama önce baba, ev sakinlerini kontrol etmeye gitti.
Il s'inclina une fois, tenant sa casquette de travail à la main.
İş şapkasını elinde tutarak bir kez eğildi.
Et il fit le tour de la table, saluant chaque invité.

Ve masanın etrafında tek tek dolaşarak her konuğun yanına gitti.

Les locataires se levèrent tous en marmonnant dans leur barbe.

Pansiyonda kalanların hepsi ayağa kalktı ve sakallarının arasından mırıldanmaya başladı.

Après son départ, ils mangèrent dans un silence presque complet.

O gittikten sonra neredeyse tamamen sessizlik içinde yemek yediler.

Gregor trouvait étrange d'entendre des bruits de mastication.

Gregor çiğneme sesleri duyabiliyor olmasına garip geldi.

Aucun autre aspect du repas ne semblait produire le moindre son.

Yemeğin diğer hiçbir yönü ses çıkarmıyordu.

Mais il pouvait distinctement entendre des dents grincer.

Ama dişlerin birbirine sürtündüğünü çok net duyabiliyordu.

Ils semblaient lui dire qu'il avait besoin de dents pour manger.

Ona yemek yiyebilmesi için dişlere ihtiyacı olduğunu söylüyor gibiydiler.

« On ne peut rien faire si on n'a plus de dents dans la mâchoire. »

"Çeneleriniz dişsizse hiçbir şey yapamazsınız."

« J'aimerais manger quelque chose », dit Gregor avec anxiété.

"Bir şeyler yemek istiyorum," dedi Gregor endişeyle.

« Mais je n'ai aucun appétit pour ce que vous mangez tous. »

"Ama sizin yediklerinize hiç iştahım yok."

« Regardez ces locataires manger, et moi je meurs de faim. »

"Şu pansiyon sakinlerinin nasıl da yemek yediğine bakın, ben ise açlıktan ölüyorum."

Ce soir-là, Gregor pensait justement au violon.

Gregor o akşam tesadüfen kemanı düşündü.

Il n'avait plus entendu le violon depuis la transformation.

Dönüşümden beri keman sesini duymamıştı.

Mais ce soir-là, un bruit est venu de la cuisine.

Ama bu akşam mutfaktan bir ses geldi.

Les messieurs avaient déjà terminé leur repas du soir.

Beyefendiler akşam yemeklerini çoktan bitirmişlerdi.

L'homme du milieu avait commencé à lire un journal.

Ortadaki beyefendi gazete okumaya başlamıştı.

Il avait donné une feuille à chacun des deux autres messieurs.

Diğer iki beyefendiye de birer kağıt vermişti.

Et maintenant, ils étaient affalés en arrière, en train de lire et de fumer.

Şimdi ise arkalarına yaslanmış, kitap okuyor ve sigara içiyorlardı.

Lorsque le violon commença à jouer, ils devinrent attentifs.

Keman çalmaya başlayınca dikkat kesildiler.

Ils se levèrent et marchèrent sur la pointe des pieds jusqu'à la porte de l'antichambre.

Ayağa kalktılar ve parmak uçlarında yürüyerek antre kapısına kadar geldiler.

Ils se tenaient là, blottis les uns contre les autres, écoutant à la porte.

Kapının önünde birbirlerine sokulmuş, dinliyorlardı.

La famille a dû entendre les hommes qui étaient dans la cuisine.

Aile, mutfaktan gelen sesleri duymuş olmalı.

Car le père les appela et leur demanda :

Çünkü baba onlara seslenip sordu;

« Le violon ne serait-il pas inconfortable pour ces messieurs ? »

"Acaba keman beyler için rahatsız edici olabilir mi?"

« Si la musique ne vous plaît pas, on peut s'arrêter immédiatement. »

"Müziği beğenmezseniz hemen durdurabiliriz."

« Au contraire », dit celui du milieu des messieurs.

Beyefendilerden ortadaki, "Tam tersine," dedi.

« La jeune fille aimerait-elle jouer du violon dans notre chambre ? »

"Genç hanım odamızda keman çalmak ister mi?"

« C'est nettement plus confortable et chaleureux ici. »

"Burada kesinlikle çok daha rahat ve konforlu."

Le père répondit comme s'il était lui-même le violoniste.

Baba, sanki kemancı kendisiymiş gibi cevap verdi.

« Oh, je vous en prie, ce serait merveilleux », s'écria le père.

"Ah lütfen, bu harika olurdu," diye haykırdı baba.

Les messieurs retournèrent au salon et attendirent.

Beyefendiler oturma odasına geri döndüler ve beklediler.

Peu après, le père entra dans la pièce avec le pupitre.

Kısa süre sonra baba, müzik sehpasıyla birlikte odaya girdi.

La mère entra dans la pièce avec le livre de musique.

Anne elinde müzik kitabıyla odaya girdi.

Et la sœur entra dans la pièce avec le violon.

Ve kız kardeş kemanıyla odaya girdi.

Elle a calmement tout préparé pour jouer du violon.

O, keman çalmak için her şeyi sakince hazırladı.

Les parents exagéraient leur politesse et leurs bonnes manières.

Anne ve baba, nezaket ve görgü kurallarını abartmışlardı.

Ils n'avaient jamais loué de chambres à des locataires auparavant.

Daha önce hiç odalarını kiraya vermemişlerdi.

Et ils n'osaient même pas s'asseoir sur leurs propres chaises.

Kendi sandalyelerine oturmaya bile cesaret edemediler.

Au lieu de s'asseoir, le père s'appuya contre la porte.

Baba oturmak yerine kapıya yaslandı.

Sa main droite était coincée entre deux boutons de son manteau.

Sağ eli ceketinin iki düğmesi arasındaydı.

Un monsieur a toutefois offert une chaise à la mère.

Ancak beyefendi anneye bir sandalye teklif etti.

Mais elle s'assit là où le monsieur avait placé la chaise.

Ama o, beyefendinin sandalyeyi koyduğu yere oturdu.

Et il n'avait pas placé la chaise à un endroit précis.

Ve sandalyeyi belirli bir yere koymamıştı.

La mère s'assit donc à l'écart de tout le monde, dans un coin.

Anne de herkesten ayrı, bir köşeye oturdu.

Et finalement, la sœur s'est mise à jouer du violon.

Ve sonunda kız kardeş keman çalmaya başladı.

Les parents, placés de part et d'autre, suivaient attentivement.

Ebeveynler, karşılıklı taraflarda, dikkatle olayı izlediler.

Et ils observaient attentivement chacun des mouvements de sa main.

Ve onun elinin her hareketini dikkatle izlediler.

Gregor était également attiré par le jeu du violon.

Gregor keman çalmaktan da etkilenmişti.

Et il s'aventura un peu plus loin hors de sa chambre.

Ve odasından biraz daha dışarı çıktı.

Il avait déjà la tête dans le salon.

Kafasını çoktan oturma odasının içine sokmuştu.

Il était très fier d'être très attentionné.

O, son derece düşünceli olmakla gurur duyardı.

Mais récemment, il ne remettait guère en question son manque d'attention.

Ancak son zamanlarda kendi ilgisizliğini neredeyse hiç sorgulamadı.

Même s'il avait maintenant plus de raisons de se cacher qu'auparavant.

Eskisinden daha çok saklanma sebebi olmasına rağmen, artık saklanmak için daha fazla nedeni vardı.

Parce que sa chambre était recouverte de poussière et de saletés diverses.

Çünkü odası toz ve çeşitli kirlerle kaplıydı.

Le moindre mouvement soulevait toutes sortes d'immondices.

En ufak bir hareket bile her türlü pisliği havaya savuruyordu.

Toute cette saleté lui collait à la peau : poussière, cheveux, restes de nourriture.

Bütün bu kir ona yapışmıştı; toz, saç, yemek artıkları.

Il aurait pu frotter la saleté contre le tapis.

Halının üzerindeki kiri silebilirdi.

C'était quelque chose qu'il faisait plusieurs fois par jour.

Bunu eskiden günde birkaç kez yapardı.

Mais son indifférence à tout était bien trop grande.
Ama her şeye karşı kayıtsızlığı çok fazlaydı.
Il n'avait donc pas peur d'aller un peu plus loin.
Bu yüzden biraz daha ileriye gitmekten korkmadı.
Et il s'est installé sur le sol impeccable du salon.
Ve oturma odasının tertemiz zeminine çıktı.
Cependant, personne ne l'a remarqué, ni ne lui a prêté attention.
Ancak kimse onu fark etmedi veya ona hiç dikkat etmedi.
La famille était complètement absorbée par le concert.
Aile tamamen konsere odaklanmıştı.
Les messieurs, quant à eux, ont d'abord battu en retraite.
Beyefendiler ise başlangıçta geri çekildiler.
Et ils se tenaient tout près, derrière le pupitre de la sœur.
Ve kız kardeşin müzik sehpasına çok yakın durdular.
S'ils avaient regardé, ils auraient pu voir les notes de musique.
Bakmış olsalardı müzik notalarını görebilirlerdi.
Cela aurait évidemment perturbé la sœur.
Bu durum elbette kız kardeşi rahatsız etmiş olmalıydı.
Alors, au lieu de s'asseoir, ils restèrent debout près de la fenêtre.
Sonra oturmak yerine pencerenin yanında ayakta durdular.
Les mains dans les poches, ils continuaient à parler.
Elleri ceplerinde konuşmaya devam ettiler.
Ils restèrent là tandis que le père les observait avec anxiété.
Babaları endişeyle izlerken onlar orada kaldılar.
On avait l'impression qu'ils avaient d'autres attentes.
İnsanın aklına, onların başka beklentileri olduğu izlenimi geliyordu.
Et il semblait vraiment qu'ils avaient été déçus.
Ve gerçekten de hayal kırıklığına uğramış gibi görünüyorlardı.
Il semblait qu'ils en avaient assez du spectacle.
Görünüşe göre gösteriden yeterince sıkılmışlardı.
Ils avaient laissé le violon troubler leur tranquillité.
Kemanın huzurlarını bozmasına izin vermişlerdi.

Et ils ne toléraient la musique que par politesse.
Ve müziğe sadece nezaket gereği katlandılar.
La façon dont ils ont dissipé la fumée était particulièrement troublante.
Dumanı dağıtma şekilleri özellikle ürkütücüydü.
Et pourtant, elle jouait du violon avec une telle beauté.
Oysa kemanı o kadar güzel çalıyordu ki.
Son visage était légèrement incliné sur le côté, sur le violon.
Yüzü, kemanın üzerinde hafifçe yana doğru eğikti.
Son regard parcourait tristement les lignes de la musique.
Gözleri hüzünlü bir şekilde müzik melodilerini arıyordu.
Gregor se sentait un peu plus attiré par le salon.
Gregor kendini oturma odasına biraz daha çekilmiş hissetti.
Il gardait la tête près du sol, mais regardait vers le haut.
Başını yere yakın tuttu ama yukarıya doğru baktı.
Peut-être que de cette façon, le regard de sa sœur croiserait le sien.
Belki bu şekilde kız kardeşinin bakışları onun gözleriyle buluşabilir.
Peut-on vraiment dire qu'il n'était qu'un animal ?
Gerçekten de onun sadece bir hayvan olduğu söylenebilir mi?
Était-il un animal si la musique pouvait le captiver à ce point ?
Müziğin onu bu kadar büyüleyebilmesi, onun bir hayvan olduğu anlamına mı geliyordu?
Il avait l'impression qu'on lui montrait un chemin vers une nourriture inconnue.
Ona bilinmeyen bir beslenme yolunun gösterildiğini hissetti.
C'était peut-être là le réconfort qui lui manquait.
Belki de eksikliğini hissettiği besin buydu.
Il était déterminé à rejoindre sa sœur.
Kız kardeşine ulaşmaya kararlıydı.
Il avait envie de tirer sur sa jupe pour attirer son attention.
Onun dikkatini çekmek için eteğini çekiştirmek istedi.
Il voulait lui faire comprendre qu'il l'invitait.
Ona bir davetin işaretini vermek istedi.

« Viens jouer du violon dans ma chambre », aurait-il voulu dire.

"Gel, odamda keman çal," demek istedi.

Il souhaitait qu'elle soit récompensée pour sa magnifique musique.

Güzel müziği için onun ödüllendirilmesini istiyordu.

« Personne ici ne te récompense pour jouer du violon. »

"Burada kimse seni keman çaldığın için ödüllendirmiyor."

Il ne voulait plus la laisser sortir de sa chambre.

Artık onu odasından çıkarmak istemiyordu.

Il voulait qu'elle reste avec lui aussi longtemps qu'il vivrait.

Ömrü boyunca onunla birlikte kalmasını istiyordu.

Pour la première fois, sa transformation eut un avantage.

Bu dönüşümün ilk kez bir faydası oldu.

Sa difformité allait enfin lui être utile.

Sonunda, sahip olduğu fiziksel kusur onun işine yarayacaktı.

Il voulait être présent simultanément aux quatre portes.

Dört kapının hepsinde aynı anda olmak istiyordu.

Il avait envie de les siffler et de leur cracher dessus de tous les côtés.

Onlara her açıdan tıslamak ve tükürmek istiyordu.

Sa sœur ne devrait pas être forcée de rester avec lui.

Kız kardeşi onunla kalmaya zorlanmamalı.

Il voulait qu'elle choisisse volontairement de rester avec lui.

Onun kendi isteğiyle kendisiyle kalmayı seçmesini istiyordu.

Elle allait s'asseoir à côté de lui et se pencher vers lui.

Yanına oturup ona doğru eğilecekti.

Et il allait lui parler de l'école de musique.

Ve ona müzik okulundan bahsedecekti.

Il avait la ferme intention de l'envoyer à l'académie.

Onu akademiye gönderme konusunda kesin bir niyeti vardı.

Il en aurait parlé à tout le monde à Noël dernier.

Geçen Noel'de herkese bundan bahsetmiş olmalıydı.

Noël était-il déjà passé ?

Noel gerçekten de gelip geçmiş miydi?

Et il n'aurait laissé personne le dissuader.

Ve kimsenin onu bu fikirden vazgeçirmesine izin vermezdi.

Mais un accident malheureux a tout arrêté.

Ama sonra talihsiz kaza her şeyi durdurdu.

La sœur aurait été submergée par l'émotion.

Kız kardeş muhtemelen duygularına yenik düşmüştü.

Et Gregor aurait alors grimpé jusqu'à son épaule.

Ve sonra Gregor onun omzuna kadar tırmanırdı.

Et il l'aurait réconfortée en l'embrassant dans le cou.

Ve boynunu öperek onu teselli ederdi.

« Monsieur Samsa ! » appela l'homme au milieu au père.

Ortadaki adam babaya "Bay Samsa!" diye seslendi.

Il pointait Gregor du doigt.

İşaret parmağıyla Gregor'u aşağı doğru gösteriyordu.

Gregor traversait lentement le salon.

Gregor, oturma odasının zemininde yavaşça ilerliyordu.

Le jeu du violon s'est très vite tu.

Keman sesi çok kısa sürede sustu.

Celui du milieu sourit à ses amis.

Üç adamdan ortadaki, arkadaşlarına gülümsedi.

Puis il secoua la tête et regarda Gregor.

Sonra başını salladı ve Gregor'a baktı.

Le père aurait pu forcer Gregor à retourner dans sa chambre.

Baba, Gregor'u zorla odasına geri gönderebilirdi.

**Mais ce n'était pas la première action qu'il décida
d'entreprendre.**

Ama bu, aldığı ilk karar değildi.

Il estimait qu'il était plus important de calmer ces messieurs.

Ona göre beyleri sakinleştirmek daha önemliydi.

Bien qu'ils ne fussent pas vraiment contrariés par Gregor.

Gregor'dan aslında hiç de rahatsız olmamışlardı.

Gregor semblait plus divertissant que le jeu de violon.

Gregor, keman çalmaktan daha eğlenceli görünüyordu.

Il s'est précipité vers eux, les bras tendus.

Kollarını açarak onlara doğru koştu.

Il faisait de son mieux pour leur cacher la vue de Gregor.

Gregor hakkındaki görüşlerini örtbas etmek için elinden
gelenin en iyisini yapıyordu.

Et il a essayé de les faire retourner dans leur chambre.

Ve onları odalarına geri dönmeye teşvik etmeye çalıştı.
Au contraire, cela les a un peu agacés.
Hatta bu durum onları biraz sinirlendirdi.
Mais il était difficile de dire exactement ce qui les agaçait.
Ama onları tam olarak neyin rahatsız ettiğini söylemek zordu.
Le père gâchait le divertissement de la soirée.
Baba, gecenin eğlencesini bozuyordu.
Mais ils venaient aussi d'apprendre l'existence de leur nouveau colocataire.
Ama aynı zamanda yeni ev arkadaşlarını da yeni öğrenmişlerdi.
Ils levèrent les mains comme l'avait fait leur père.
Onlar da babalarının yaptığı gibi ellerini kaldırdılar.
Ils ont exigé une explication immédiate du père.
Babadan derhal açıklama istediler.
Ils tiraient nerveusement sur leur barbe, cherchant une réponse.
Bir cevap bulmak için huzursuzca sakallarını çekiştirdiler.
Et ils reculèrent jusqu'à leur chambre, mais très lentement.
Ve çok yavaş bir şekilde odalarına doğru geri geri gittiler.
L'interruption avait plongé la sœur dans une sorte de transe.
Bu kesinti kız kardeşi bir trans haline sokmuştu.
Elle laissa pendre le violon et l'archet le long de son corps.
Kemanı ve yayını yanına sarkıttı.
Et elle regarda la partition comme si elle jouait encore.
Ve sanki hâlâ çalıyormuş gibi notalara baktı.
Mais soudain, elle est revenue dans la pièce.
Ama sonra aniden kendini odaya geri çekti.
Et elle avait désormais surmonté le sentiment d'être perdue.
Ve artık kaybolmuşluk duygusunun üstesinden gelmişti.
Elle a posé l'instrument de musique sur les genoux de sa mère.
Müzik aletini annesinin kucağına koydu.
La mère était assise sur la chaise, respirant bruyamment.
Anne sandalyede oturmuş, nefes nefese kalmıştı.
Et puis la sœur a dû courir dans la pièce voisine.
Sonra kız kardeş hemen yan odaya koşmak zorunda kaldı.

Elle devait tout préparer pour les messieurs.
Beyefendiler için her şeyi hazırlaması gerekiyordu.
Elle a jeté les couvertures et les coussins en l'air.
Battaniyeleri ve yastıkları havaya fırlattı.
Et de ses mains expertes, elle a disposé toute la literie.
Ve becerikli elleriyle tüm yatak takımlarını düzenledi.
Elle avait terminé avant que les messieurs n'atteignent la pièce.
Beyler odaya ulaşmadan önce işini bitirmişti.
Et elle s'est éclipsée avant de les gêner.
Ve onların yoluna çıkmadan önce sessizce oradan uzaklaştı.
Le père semblait prisonnier de son propre entêtement.
Baba kendi inatçılığına yenik düşmüş gibiydi.
Et il oublia ainsi tout le respect qu'il devait à ses locataires.
Böylece kiracılarına karşı göstermesi gereken tüm saygıyı unuttu.
Il a insisté sans relâche jusqu'à ce que leur porte-parole s'y oppose.
Sözcülerinin itiraz etmesine kadar ısrar etti.
Il a tapé du pied avec colère en arrivant à la porte.
Kapıya vardığında öfkeyle ayağını yere vurdu.
Et c'est ainsi qu'il immobilisa le père.
Böylece babayı çıkmaza soktu.
« Par la présente, je déclare », commença-t-il en s'adressant à son propriétaire.
"Bu vesileyle beyan ederim," diyerek ev sahibine hitap etmeye başladı.
Et il leva la main, regardant toute la famille.
Ve elini kaldırarak tüm aileye baktı.
« En ce qui concerne l'état répugnant de la chambre ; »
"Odanın iğrenç koşullarına gelince;"
Et il s'assurait que tous écoutaient ses paroles.
Ve herkesin sözlerini dinlediğinden emin oldu.
« Par la présente, je vous informe que je vais libérer ma chambre. »
"Odamı boşaltacağımı bildiriyorum."
Et il a appuyé son propos en crachant par terre.

Ve yere tükürerek de mesajını daha da pekiştirdi.

« Je ne paierai pas non plus pour les jours que j'ai passés ici. »

"Burada yaşadığım günlerin bedelini de ödemeyeceğim."

Il n'était cependant pas entièrement satisfait de ce remboursement.

Ancak bu geri ödeme onu tam olarak memnun etmedi.

« Et j'envisagerai de formuler d'autres demandes à votre encontre. »

"Ve size karşı başka taleplerde bulunmayı da düşüneceğim."

« Croyez-moi, de telles demandes seront très faciles à justifier. »

"İnanın bana, bu tür talepleri haklı çıkarmak çok kolay olacak."

Il resta silencieux et regarda droit devant lui, vers son père.

Sessiz kaldı ve gözlerini doğrudan babasına dikti.

Il semblait s'attendre à ce qu'il se passe quelque chose de plus.

Daha fazlasının olmasını bekliyor gibiydi.

En fait, ses deux amis ont immédiatement eu la même idée.

Aslında, iki arkadaşı da hemen aynı fikre kapıldı.

« Nous annulons également nos réservations de chambres », ont-ils déclaré à l'unisson.

"Biz de oda rezervasyonlarımızı iptal ediyoruz." diye hep bir ağızdan söylediler.

Il a alors saisi la poignée de la porte et l'a fermée.

Sonra kapı kolunu kavrayıp kapıyı kapattı.

Et dans un grand fracas, ils s'enfermèrent dans leur chambre.

Ve büyük bir gürültüyle kendilerini odalarına kilitlediler.

Le père s'est dirigé en titubant vers sa chaise, les mains tâtonnantes.

Baba sendeleyerek, elleriyle sandalyesine doğru ilerledi.

Et il se laissa tomber sur la chaise, vaincu.

Ve yenilgiyi kabul ederek kendini sandalyeye bıraktı.

On aurait dit qu'il allait faire sa sieste habituelle du soir.

Her zamanki akşam uykusuna yatacakmış gibi görünüyordu.

Mais sa tête hocha presque comme si elle n'était pas soutenue.
Ama başı neredeyse desteksizmiş gibi sallandı.
Et on pouvait voir qu'il ne dormait pas du tout.
Ve hiç uyumadığı açıkça görülüyordu.
Durant tout ce temps, Gregor n'avait pas bougé de sa place.
Bütün bunlar olurken Gregor yerinden hiç kımıldamadı.
Il était toujours là où les messieurs l'avaient aperçu pour la première fois.
Adam, beylerin onu ilk gördükleri yerde duruyordu hâlâ.
Même s'il avait voulu déménager, il trouvait cela impossible.
Taşınmak istese bile, bunun imkansız olduğunu gördü.
À cause de sa déception, ou à cause de sa faim.
Hayal kırıklığından ya da açlığından dolayı.
Il était déçu par l'échec de son plan.
Planının başarısız olması onu hayal kırıklığına uğrattı.
Et il était affaibli par la faim persistante qu'il ressentait.
Uzun süren açlıktan dolayı da çok halsiz düşmüştü.
Il était certain que tout le monde se retournerait contre lui à tout moment.
Herkesin her an kendisine sırt çevireceğinden emindi.
C'est avec cette certitude d'un effondrement imminent qu'il attendit.
Yaklaşan çöküş beklentisiyle bekledi.
Le violon commença à glisser des genoux de sa mère.
Keman annenin kucağından kaymaya başladı.
Dans un fracas retentissant, le violon tomba au sol.
Keman, yankılanan bir sesle yere düştü.
Mais même ce bruit soudain et fracassant ne l'a pas surpris.
Ama bu ani çarpma sesi bile onu ürkütmedi.
« Chers parents, dit la sœur, cela ne peut pas continuer. »
"Sevgili anne ve babam," dedi kız kardeş, "bu böyle devam edemez."
Et elle a frappé du poing sur la table pour appuyer ses propos.
Ve söylemek istediğini belirtmek için elini masaya sertçe vurdu.

« Je ne prononcerai pas le nom de mon frère devant ce
monstre. »
"Bu canavarın önünde kardeşimin adını anmayacağım."
« C'est pourquoi je le dis aussi crûment que possible : »
"Bu yüzden bunu olabildiğince açık bir şekilde söylüyorum:"
«Nous n'avons pas d'autre choix que de nous débarrasser de
cet animal.»
"Bu hayvandan kurtulmaktan başka çaremiz yok."
« Nous avons fait de notre mieux pour tolérer et prendre
soin de cet animal. »
"Bu hayvana tahammül etmek ve ona bakmak için elimizden
gelenin en iyisini yaptık."
« Je ne pense pas que quiconque puisse nous blâmer, même
légèrement. »
"Bence kimse bizi en ufak bir şekilde suçlayamaz."
« Elle a mille fois raison », a acquiescé le père.
"Bin kere haklı," diye onayladı baba.
La mère n'avait pas encore complètement repris son souffle.
Anne hâlâ tam olarak nefesini geri kazanamamıştı.
Elle se mit à tousser sourdement dans sa main, la respiration
lourde.
Elini ağzına götürerek boğuk bir şekilde öksürmeye başladı,
nefes nefese kalmıştı.
Et une expression de folie commença à apparaître dans ses
yeux.
Ve gözlerinde çılgınca bir ifade belirmeye başladı.
La sœur s'est précipitée vers sa mère et lui a pris le front.
Kız kardeş annesine koştu ve alnını tuttu.
Les paroles de la sœur semblaient inspirer le père.
Baba, kız kardeşinin sözlerinden etkilenmiş gibi görünüyordu.
Et ses pensées semblaient plus claires qu'auparavant.
Ve düşünceleri eskisinden daha berrak görünüyordu.
Il cessa d'acquiescer et se redressa.
Başını sallamayı bıraktı ve tekrar dik oturdu.
Et il jouait avec la casquette de son serviteur, plongé dans
ses pensées.

Ve derin düşüncelere dalmış bir halde hizmetçisinin
şapkasıyla oynuyordu.
Les assiettes des locataires étaient encore sur la table.
Kiracıların tabakları hâlâ masanın üzerindeydi.
Et il regardait parfois vers Gregor, qui restait silencieux.
Ve bazen sessiz Gregor'a doğru bakardı.
**« Nous devons essayer de nous en débarrasser », lui dit sa
sœur.**
"Bundan kurtulmaya çalışmalıyız," dedi kız kardeşi ona.
La mère était trop occupée à tousser pour écouter.
Anne öksürmekten o kadar meşguldü ki dinlemedi.
« Ça va vous tuer tous les deux, je le vois déjà venir. »
"İkinizi de öldürecek, şimdiden görüyorum."
**«Nous ne pouvons pas tous continuer à travailler aussi dur
que nous le faisons.»**
"Hepimiz aynı şekilde çalışmaya devam edemeyiz."
**« Et chaque jour, nous devons rentrer chez nous et subir ce
supplice. »**
"Ve her gün bu işkenceye katlanmak için eve dönmek
zorundayız."
« Nous n'en pouvons plus. Je n'en peux plus. »
"Artık buna dayanamıyoruz. Ben de dayanamıyorum."
**Elle s'est effondrée dans les bras de sa mère, en larmes une
dernière fois.**
Son gözyaşlarıyla annesinin kucağına düştü.
Les larmes coulèrent sur son visage et sur celui de sa mère.
Gözlerinden yaşlar süzülerek annesinin gözlerine damladı.
Et elle essuya ses larmes d'un geste machinal.
Ve gözyaşlarını mekanik bir hareketle sildi.
« Mon enfant », dit le père d'une voix compatissante.
"Evladım," dedi baba şefkatli bir sesle.
**Il y avait une profonde sympathie et une grande
compréhension dans sa voix.**
Sesinde derin bir şefkat ve anlayış vardı.
« Mais que devons-nous faire ? » avoua-t-il ne pas savoir.
"Peki ne yapmalıyız?" diye sormayı bilmediğini itiraf etti.
La sœur haussa simplement les épaules, impuissante.

Kız kardeş çaresizlik içinde omuzlarını silkti.

Et sa confiance d'antan fit de nouveau place aux larmes.

Ve daha önceki özgüveni yerini yeniden gözyaşlarına bıraktı.

« Si seulement il nous comprenait », dit le père à voix haute.

"Keşke bizi anlasaydı," dedi baba yüksek sesle.

Et il se demandait à moitié si Gregor avait compris.

Ve Gregor'un bunu anlayıp anlamadığını da kısmen sorguladı.

La sœur lui a secoué la main violemment en pleurant.

Kız kardeş ağlarken elini şiddetle salladı.

Elle a donc indiqué qu'il ne fallait pas envisager cette idée.

Böylece bu fikrin akla bile getirilmemesi gerektiğini işaret etti.

« Mais si seulement il nous comprenait », répéta le père.

"Keşke bizi anlasaydı," diye tekrarladı baba.

Les yeux fermés, il réfléchit à la réponse de sa sœur.

Gözlerini kapatarak kız kardeşinin cevabını düşündü.

« S'il comprenait qu'un accord pouvait être conclu avec lui. »

"Eğer onunla bir anlaşmaya varılabileceğini anlasaydı."

« Mais vu la situation actuelle… »

"Ama işler böyle olunca..."

«Il faut l'enlever,» s'écria la sœur, «c'est la seule solution.»

"Gitmesi şart," diye bağırdı kız kardeş, "başka çaresi yok."

«Il faut vous débarrasser de l'idée que c'est Gregor.»

"Gregor olduğu düşüncesinden kurtulmalısın."

« Notre véritable malheur, c'est d'y avoir cru si longtemps. »

"Buna bu kadar uzun süre inanmış olmamız asıl talihsizliğimiz."

« Mais comment est-ce possible que ce soit Gregor ? » demanda-t-elle à son père.

"Ama bu nasıl Gregor olabilir?" diye sordu babasına.

« Il savait qu'un tel animal ne pouvait pas coexister avec les humains. »

"Böyle bir hayvanın insanlarla bir arada yaşayamayacağını biliyordu."

« Gregor nous aurait quittés depuis longtemps, volontairement. »

"Gregor çoktan, kendi isteğiyle bizi terk ederdi."

« C'est vrai, nous n'aurions alors plus de frère. »
"Doğru, o zaman hiç erkek kardeşimiz olmazdı."
« Mais nous pourrions continuer à vivre et à honorer sa mémoire. »
"Ama yaşamaya ve onun anısını yaşatmaya devam edebiliriz."
« Mais cette bête nous poursuit et chasse nos locataires. »
"Ama bu canavar bizi kovalıyor ve kiracılarımızı kovuyor."
« De toute évidence, il veut s'emparer de tout l'appartement. »
"Açıkçası tüm daireyi ele geçirmek istiyor."
« Cette bête veut nous faire dormir dans la rue. »
"Bu canavar bizi sokakta uyutmak istiyor."
« Regarde, papa, » s'écria-t-elle soudain, « il bouge à nouveau ! »
"Bak baba," diye birden bağırdı, "yine hareket ediyor!"
Et elle fit quelque chose que même Gregor ne put comprendre.
Ve o, Gregor'un bile anlayamadığı bir şey yaptı.
Elle se repoussa, comme pour sacrifier sa mère.
Annesini feda eder gibi kendini ondan uzaklaştırdı.
Et elle a couru derrière son père pour trouver une sorte de sécurité.
Ve bir nebze de olsa güvenlik için babasının arkasına saklandı.
Le père n'était agité que parce que sa fille l'était.
Baba sadece kızının sinirlenmesi yüzünden sinirlenmişti.
Mais lui aussi se leva et leva les bras au-dessus d'elle.
Ama sonra o da ayağa kalktı ve kollarını onun üzerine kaldırdı.
Mais Gregor n'avait aucune intention d'effrayer qui que ce soit.
Ancak Gregor'un kimseyi korkutma niyeti yoktu.
Il n'avait surtout aucune intention d'effrayer sa sœur.
Özellikle kız kardeşini korkutmak gibi bir düşüncesi bile yoktu.
Il essayait simplement de faire demi-tour pour retourner dans sa chambre.
O sadece odasına doğru geri dönmeye çalışıyordu.

Mais, compte tenu de l'aggravation de son état, même cela devenait difficile.

Ancak durumu giderek kötüleştiği için bu bile zorlaşmıştı.

Et il ne pouvait plus se servir pleinement de ses jambes.

Ve artık bacaklarının tamamını tam olarak kullanamıyordu.

Il utilisa donc sa tête pour soulever son corps et se retourner.

Bu yüzden başını kullanarak vücudunu kaldırdı ve kendini döndürdü.

Il marqua une pause et chercha l'approbation de sa famille du regard.

Duraksadı ve ailenin onayını almak için etrafına bakındı.

Il semble que sa bonne intention ait été reconnue.

İyi niyetinin fark edildiği anlaşılıyor.

Son mouvement ne leur avait procuré qu'un choc momentané.

Onun hareketi onlar için sadece anlık bir şok olmuştu.

À présent, ils le regardaient tous en silence, visiblement malheureux.

Şimdi hepsi mutsuz bir sessizlikle ona bakıyordu.

La mère était toujours allongée dans le fauteuil, épuisée.

Anne hâlâ koltukta bitkin bir halde yatıyordu.

Le père et la sœur étaient assis l'un à côté de l'autre.

Baba ve kız kardeş yan yana oturuyorlardı.

« Peut-être qu'ils me laisseront faire demi-tour maintenant », pensa Gregor.

"Belki şimdi dönmeme izin verirler," diye düşündü Gregor.

Et il continua à effectuer son mouvement de rotation maladroit.

Ve o, beceriksizce yaptığı dönme hareketini sürdürmeye devam etti.

Il ne pouvait réprimer les halètements occasionnels dus à l'effort.

Zorlanmadan dolayı ara sıra nefes nefese kalmasını engelleyemiyordu.

Et il a été contraint de se reposer à plusieurs reprises entre-temps.

Ve arada birkaç kez dinlenmek zorunda kaldı.

Plus personne ne le pressait ; c'était à lui de décider.
Artık kimse onu acele ettirmiyordu; her şey ona kalmıştı.
Finalement, il acheva ce virage lent et douloureux.
Sonunda yavaş ve acı verici dönüşü tamamladı.
Il se dirigea aussitôt vers sa chambre.
Hemen doğruca odasına geri yürümeye başladı.
Il était stupéfait de la distance qui le séparait de sa chambre.
Odasından ne kadar uzakta olduğuna hayret etti.
Comment, malgré sa faiblesse, avait-il réussi à y parvenir auparavant ?
Tüm zayıflıklarına rağmen oraya daha önce nasıl ulaşmıştı?
Il avait emprunté presque le même chemin sans s'en apercevoir.
Farkında olmadan neredeyse aynı yoldan geçmişti.
Il se concentrait simplement sur le fait de ramper aussi vite qu'il le pouvait.
Artık sadece olabildiğince hızlı emeklemeye odaklanmıştı.
L'absence de commentaires ne le dérangeait pas.
Kimseden yorum gelmemesi onu rahatsız etmedi.
Ce n'est que lorsqu'il fut déjà à l'intérieur qu'il tourna la tête.
Ancak kapıdan içeri girdikten sonra başını çevirdi.
Mais il n'a pas pu se retourner complètement.
Ama arkasını dönüp tamamen geriye bakma fırsatı bulamadı.
Car il sentit sa nuque se raidir encore davantage en se tournant.
Döndükçe boynunun daha da sertleştiğini hissetti.
Mais il constata que rien n'avait changé derrière lui.
Ama arkasında hiçbir şeyin değişmediğini gördü.
La seule différence, c'est que sa sœur s'était levée.
Tek fark, kız kardeşinin ayağa kalkmış olmasıydı.
Son dernier regard lui montra que sa mère s'était endormie.
Son bakışında annesinin uyuyakaldığını gördü.
Dès qu'il fut entré dans sa chambre, la porte fut fermée.
Odaya girer girmez kapı kapandı.
Et dès que la porte fut fermée, le verrouilla.
Kapı kapanır kapanmaz sürgü de kilitlendi.

Gregor fut effrayé par le bruit inattendu derrière lui.

Gregor arkasından gelen beklenmedik sesten korktu.

Et ses jambes fléchirent sous lui, surprises par la soudaineté.

Ani şaşkınlıktan bacakları titredi.

C'est sa sœur qui s'était précipitée vers la porte derrière lui.

Onun arkasından kapıya koşan kız kardeşiydi.

Elle s'était déjà dressée, et l'attendait.

O zaten orada dimdik durmuş, onu bekliyordu.

Elle fit alors un petit saut en avant sans que Gregor ne l'entende.

Ardından Gregor'un duymayacağı şekilde hafifçe öne doğru sıçradı.

« Enfin ! » s'écria-t-elle en tournant la clé.

"Sonunda!" diye bağırdı anahtarı çevirirken.

« Et maintenant ? » se demanda Gregor, seul dans l'obscurité.

"Şimdi ne olacak?" diye sordu Gregor, karanlıkta yalnız başına.

Il s'aperçut bientôt qu'il ne pouvait plus bouger du tout.

Çok geçmeden artık hiç hareket edemediğini fark etti.

Mais son immobilité ne le surprenait pas vraiment.

Ama hareketsiz kalması onu gerçekten şaşırtmadı.

Pouvoir se déplacer sur des jambes aussi fines semblait ridicule.

Bu kadar ince bacaklarla hareket edebilmek inanılmaz görünüyordu.

Il ne savait pas comment il avait pu y parvenir.

Bunu nasıl başarabildiğini kendisi de bilmiyordu.

Mais à part ça, il se sentait relativement à l'aise.

Ama bunun dışında kendini nispeten rahat hissediyordu.

Il est vrai qu'il ressentait une douleur intense dans tout le corps.

Evet, vücudunun her yerinde derin bir acı hissetti.

Mais la douleur semblait s'atténuer de plus en plus.

Ama ağrı giderek azalıyor gibiydi.

Et il avait l'impression que la douleur finirait par disparaître.

Ve acının sonunda geçeceğini hissetti.
Il sentait à peine la pomme pourrie dans son dos.
Sırtındaki çürük elmayı artık neredeyse hiç hissetmiyordu.
Il repensa à sa famille avec émotion et amour.
Ailesini duygu ve sevgiyle anımsadı.
**Il ressentait les émotions de sa sœur encore plus
intensément qu'elle.**
Kardeşinin duygularını ondan bile daha derinden hissetti.
Elle avait raison ; il devait partir.
Söylediklerinde haklıydı; gitmesi gerekiyordu.
Il passa quelque temps dans cet état désert et paisible.
Bir süre bu boş ve huzurlu ortamda vakit geçirdi.
L'horloge sonna trois fois, doucement mais fermement.
Saat üç kez, sessizce ama kararlı bir şekilde vurdu.
Gregor fut doucement tiré de ses pensées.
Gregor, düşüncelerinden nazikçe çıkarıldı.
**Il regarda la lumière du matin pénétrer lentement dans sa
chambre.**
Sabah ışığının yavaşça odasına girmesini izledi.
Puis sa tête s'affaissa complètement, malgré lui.
Sonra, kendi isteği dışında, başı tamamen aşağıya düştü.
Et son dernier souffle s'échappa faiblement de ses narines.
Ve son nefesi burun deliklerinden güçsüzce çıktı.

**La femme de chambre est entrée dans sa chambre tôt le
matin.**
Hizmetçi sabahın erken saatlerinde odasına girdi.
**Elle n'a rien trouvé d'inhabituel lors de sa courte visite
habituelle.**
Her zamanki kısa ziyaretinde olağanüstü bir şey bulmadı.
**À bout de forces et dans la précipitation, elle claqua toutes
les portes.**
Güçsüzlükten ve aceleden, bütün kapıları çarptı.
**Il était impossible de dormir paisiblement dans tout
l'appartement.**
Dairenin tamamında huzurlu bir uyku uyumak mümkün
değildi.

On lui avait demandé d'éviter de faire cela le matin.
Ona bunu sabahları yapmaktan kaçınması söylenmişti.
Elle pensait qu'il restait allongé là, immobile, exprès.
Kadın, adamın orada kasten hareketsiz yattığını düşündü.
Peut-être voulait-il lui montrer qu'il était offensé.
Belki de ona gücendiğini göstermek istemiştir.
Elle lui faisait confiance et pensait qu'il était doté d'une intelligence hors du commun.
Onun her türlü zekaya sahip olduğuna güveniyordu.
Il se trouve qu'elle tenait le long balai à la main.
O sırada elinde uzun bir süpürge tutuyordu.
Alors, depuis la porte, elle essaya de chatouiller un peu Gregor.
Kapıdan içeri girerek Gregor'u biraz gıdıklamaya çalıştı.
Elle était un peu agacée qu'il ne réponde pas du tout.
Onun hiç cevap vermemesine biraz sinirlenmişti.
Alors cette fois, elle le poussa un peu plus fermement.
Bu sefer onu biraz daha sertçe itti.
Comme il n'opposait aucune résistance, elle l'examina de plus près.
Hiçbir direnç göstermeyince kadın daha yakından inceledi.
Elle comprit rapidement ce qui était réellement arrivé à Gregor.
Gregor'a gerçekte ne olduğunu çok geçmeden anladı.
Elle ouvrit davantage les yeux et siffla pour elle-même.
Gözlerini daha da açtı ve kendi kendine ıslık çaldı.
Mais elle n'a pas tardé à ouvrir la porte.
Ama kapıyı açmak için fazla vakit kaybetmedi.
Et elle cria d'une voix forte dans l'obscurité :
Ve karanlığın içine yüksek sesle şöyle seslendi:
«Viens voir, il est là, complètement mort.»
"Gel de bir bak, işte orada yatıyor, tamamen ölü."
Les deux parents étaient assis bien droits dans leur lit conjugal.
İki ebeveyn evlilik yataklarında dik oturuyorlardı.
Il leur fallait d'abord surmonter le choc du bruit.
Öncelikle gürültünün şokunu atlatmaları gerekiyordu.

Mais peu à peu, ils ont commencé à comprendre son message.

Ama sonra yavaş yavaş onun mesajını anlamaya başladılar.

Monsieur et Madame Samsa ont chacun sauté de leur côté du lit.

Bay ve Bayan Samsa, yatağın kendi taraflarından birer birer fırladılar.

M. Samsa jeta l'épaisse couverture sur ses épaules.

Bay Samsa kalın battaniyeyi omuzlarına attı.

Et Mme Samsa sortit vêtue uniquement de sa chemise de nuit.

Bayan Samsa ise sadece gecelikle dışarı çıktı.

C'est ainsi qu'ils entrèrent dans la chambre de Gregor.

Ve böylece Gregor'un odasına girdiler.

Entre-temps, la porte du salon s'était également ouverte.

Bu sırada oturma odasının kapısı da açılmıştı.

Grete y dormait depuis l'emménagement des locataires.

Grete, kiracılar taşındığından beri orada uyuyordu.

Elle était entièrement habillée comme si elle n'avait pas dormi du tout.

Sanki hiç uyumamış gibi, tamamen giyinikti.

Son visage pâle semblait également témoigner de son manque de sommeil.

Solgun yüzü de uykusuzluğunun bir kanıtı gibiydi.

« Il est mort ? » demanda Mme Samsa en regardant la bonne.

"Öldü mü?" diye sordu Bayan Samsa, hizmetçiye bakarak.

Elle aurait pu le confirmer en le regardant elle-même.

Bunu ona bizzat bakarak da doğrulayabilirdi.

« Je le crois », dit la bonne en ramassant le balai.

"Sanırım öyle," dedi hizmetçi süpürgeyi eline alarak.

Et elle a poussé son corps sur une longue distance à travers le sol.

Ve kadın, adamın bedenini yerde uzunca bir mesafeye itti.

Mme Samsa fit un mouvement comme si elle voulait l'arrêter.

Bayan Samsa, onu durdurmak istercesine bir hareket yaptı.

Mais finalement, elle a laissé la bonne faire glisser Gregor.

Ama sonunda hizmetçinin Gregor'u kaydırmasına izin verdi.

« Eh bien, » dit M. Samsa, « enfin nous pouvons remercier Dieu. »

"Nihayet Tanrı'ya şükredebiliriz," dedi Bay Samsa.

Il fit le signe de croix : tête, poitrine, épaules.

Haç işareti yaptı; başını, göğsünü, omuzlarını.

Et les trois femmes suivirent son exemple religieux.

Ve üç kadın da onun dini örneğini izledi.

Grete, qui ne quittait pas le cadavre des yeux, dit :

Cesetten gözlerini ayırmayan Grete şöyle dedi:

«Regardez comme il est maigre, il n'a pas mangé depuis si longtemps.»

"Ne kadar zayıflamış, çok uzun zamandır hiçbir şey yememiş."

« La nourriture que je lui laissais chaque matin restait toujours intacte. »

"Her sabah ona bıraktığım yiyecekler hiç dokunulmadan kalırdı."

En fait, le corps de Gregor était complètement plat et sec.

Aslında Gregor'un vücudu tamamen düz ve kuruydu.

C'était plus visible maintenant qu'il était au sol.

Yere düştüğünde bu durum daha da belirginleşti.

Parce que son corps n'était plus soutenu par ses jambes.

Çünkü vücudu artık bacakları tarafından kaldırılmıyordu.

Et parce que rien d'autre ne venait distraire la vue.

Çünkü manzarayı başka hiçbir şey engellemiyordu.

«Viens avec nous un moment, Grete», dit Mme Samsa.

"Gel Grete, biraz bizimle içeri gir," dedi Bayan Samsa.

Un sourire douloureux se dessinait sur ses lèvres lorsqu'elle parlait.

Konuşurken dudaklarında acı dolu bir gülümseme vardı.

Grete les suivit, mais jeta aussi un coup d'œil en arrière au cadavre.

Grete onları takip etti, ama aynı zamanda cesede de dönüp baktı.

La bonne ferma la porte et ouvrit grand la fenêtre.

Hizmetçi kapıyı kapattı ve pencereyi tamamen açtı.

Il était encore tôt, l'air était donc normalement froid.
Henüz erken saatlerdi, bu yüzden hava normalde soğuk
olurdu.
Mais il y avait aussi un mélange de chaleur dans l'air froid.
Ancak soğuk havanın içinde bir nebze de olsa sıcaklık vardı.
**Comme un doux rappel que c'était désormais la fin du mois
de mars.**
Mart ayının sonuna geldiğimizi hatırlatan yumuşak bir uyarı
gibiydi.
Les trois locataires sortirent alors eux aussi de leur chambre.
Üç kiracı da odalarından dışarı çıktı.
Ils cherchèrent leur petit-déjeuner avec étonnement.
Kahvaltılarını bulmak için şaşkınlıkla etrafa bakındılar.
**Le petit-déjeuner a été oublié à cause de ce que la femme de
chambre a trouvé.**
Hizmetçinin bulduğu şey yüzünden kahvaltı unutuldu.
« Où est le petit-déjeuner ? » grommela l'homme du milieu.
"Kahvaltı nerede?" diye homurdandı ortadaki beyefendi.
**La bonne porta son doigt à sa bouche pour demander le
silence.**
Hizmetçi, sessizliği sağlamak için parmağını ağzına götürdü.
Et elle salua les messieurs d'un geste rapide et silencieux.
Ve aceleyle, sessizce beylere el salladı.
La servante fit entrer les trois messieurs dans la pièce.
Hizmetçi üç beyefendiyi odaya götürdü.
Et elle a continué à leur expliquer ce qui s'était passé.
Ve onlara olanları anlatmaya devam etti.
Et les trois messieurs se tinrent autour du corps de Gregor.
Ve üç beyefendi Gregor'un cesedinin etrafında durdular.
Les mains dans les poches, ils baissèrent les yeux.
Elleri ceplerinde, başlarını aşağıya eğmişlerdi.
**La lumière du matin inondait désormais complètement la
pièce.**
Sabah ışığı odayı tamamen aydınlatmıştı.
La porte de la chambre s'ouvrit alors et M. Samsa apparut.
Ardından yatak odasının kapısı açıldı ve Bay Samsa göründü.
D'un côté se trouvait sa femme, et de l'autre sa fille.

Bir yanında karısı, diğer yanında kızı vardı.
M. Samsa portait déjà son uniforme.
Bay Samsa o sırada zaten üniformasını giymişti.
On pouvait voir qu'ils avaient tous un peu pleuré.
Hepsinin biraz ağladığı açıkça görülüyordu.
Grete pressa son visage contre le bras de son père.
Grete yüzünü babasının koluna yasladı.
« Quittez mon appartement immédiatement ! » ordonna M. Samsa.
"Dairemi derhal terk edin!" diye emretti Bay Samsa.
Et il désigna la porte sans laisser partir les femmes.
Ve kadınların gitmesine izin vermeden kapıyı işaret etti.
« Que voulez-vous dire ? » demanda l'intermédiaire, déconcerté.
"Ne demek istiyorsunuz?" diye sordu aracı, şaşkınlıkla.
Et il fit de son mieux pour sourire gentiment à M. Samsa.
Ve Bay Samsa'ya tatlı bir şekilde gülümsemek için elinden gelenin en iyisini yaptı.
Les deux autres tenaient leurs mains derrière leur dos.
Diğer ikisi ellerini arkalarında tuttular.
Et ils se frottèrent les mains d'impatience.
Ve heyecanla ellerini ovuşturdular.
Ils semblaient s'attendre à une violente dispute.
Sanki yüksek sesli bir tartışma çıkmasını bekliyorlarmış gibiydiler.
Mais ils semblaient se réjouir de la dispute à venir.
Ama yaklaşan tartışmadan memnun görünüyorlardı.
Ils pensaient que le litige tournerait à leur avantage.
İhtilafın kendi lehlerine sonuçlanacağını düşünüyorlardı.
« Je maintiens exactement ce que je viens de dire », a répondu M. Samsa.
"Az önce söylediğim şeyin aynısını kastediyorum," diye yanıtladı Bay Samsa.
Il marchait en ligne droite avec ses deux compagnons.
İki arkadaşıyla birlikte düz bir hat üzerinde yürüdü.
Et M. Samsa s'est adressé directement à leur responsable.
Bay Samsa doğrudan onların baş yöneticisine yaklaştı.

Le monsieur resta d'abord immobile, le regard fixé au sol.

Beyefendi önce olduğu yerde durdu ve yere baktı.

Le contenu de sa tête était encore en train de se réorganiser.

Kafasının içindekiler hâlâ düzene giriyordu.

« Très bien, nous y allons », dit-il en levant les yeux vers M. Samsa.

"Pekala, gideceğiz," dedi ve Bay Samsa'ya baktı.

Une nouvelle humilité semblait l'avoir soudainement envahi.

Aniden yeni bir alçakgönüllülük duygusu onu sarmış gibiydi.

Et il semblait demander la permission pour cette décision.

Ve bu kararı için izin istiyor gibiydi.

M. Samsa ouvrit grand les yeux et hocha légèrement la tête.

Bay Samsa gözlerini kocaman açtı ve hafifçe başını salladı.

Les messieurs obéirent immédiatement à son ordre.

Beyefendiler derhal onun emrine uydular.

Et ils ont effectivement fait de longues enjambées dans le couloir.

Ve gerçekten de uzun adımlarla koridora doğru ilerlediler.

Ses amis avaient déjà cessé de se frotter les mains.

Arkadaşları ellerini ovmayı çoktan bırakmışlardı.

Ils avaient écouté le déroulement de la conversation.

Konuşmanın nasıl ilerlediğini dinliyorlardı.

Et maintenant, ils couraient après lui, comme pris de peur.

Ve şimdi sanki korkmuş gibi onun peşinden koşuyorlardı.

M. Samsa pourrait encore les isoler de leur chef.

Bay Samsa onları liderlerinden hâlâ izole edebilir.

Ils ont sorti leurs bâtons du récipient.

Çubuklarını çubuk kabından çıkardılar.

Et ils s'inclinèrent en silence avant de quitter l'appartement.

Ve daireden ayrılmadan önce sessizce eğildiler.

M. Samsa et les deux femmes sortirent sur le parvis.

Bay Samsa ve iki kadın avludan dışarı çıktılar.

Mais en réalité, ils n'avaient aucune raison de se méfier de ces hommes.

Ama aslında adamlara güvenmemeleri için hiçbir sebep yoktu.

Ils s'appuyèrent sur la rambarde pour vérifier s'ils étaient partis.
Gitmiş olup olmadıklarını kontrol etmek için korkuluğa yaslandılar.
Les trois messieurs descendaient effectivement les escaliers.
Üç beyefendi gerçekten de merdivenlerden aşağı iniyordu.
Ils disparurent dans un virage de l'escalier.
Merdivenin belli bir kıvrımında gözden kayboldular.
Puis l'escalier les ramena à la vue.
Ve sonra merdivenler onları tekrar göz önüne getirdi.
Ce phénomène d'apparition et de disparition se répétait à chaque étage.
Bu görünme ve kaybolma döngüsü her katta tekrarlandı.
Mais finalement, ils étaient presque arrivés au fond.
Ama sonunda neredeyse dibe ulaşmışlardı.
Plus ils avançaient, moins ils étaient intéressants.
Ne kadar ilerlerlerse, o kadar da ilgi çekici olmaktan çıkıyorlardı.
Tout le monde est rentré à la maison, comme soulagé.
Herkes rahatlamış gibi evlerine geri döndü.
Ils décidèrent de profiter de la journée pour se reposer et aller se promener.
Günü dinlenerek ve yürüyüşe çıkarak geçirmeye karar verdiler.
Ils estimaient avoir mérité cette pause dans leur travail.
İşlerinden bu molayı hak ettiklerini düşünüyorlardı.
Non seulement ils méritaient cette pause, mais ils en avaient besoin.
Bu molayı sadece hak etmekle kalmadılar, buna ihtiyaçları da vardı.
Ils s'assirent à table pour écrire des lettres d'excuses.
Özür mektupları yazmak için masaya oturdular.
M. Samsa a adressé une lettre d'excuses à sa direction.
Sayın Samsa, özür mektubunu yöneticilerine yazdı.
Mme Samsa a écrit sa lettre d'excuses à ses clients.
Bayan Samsa, müşterilerine özür mektubunu yazdı.
Et Grete a écrit sa lettre d'excuses à son directeur.

Grete de özür mektubunu okul müdürüne yazdı.

Pendant qu'ils écrivaient tous, la bonne entra dans la pièce.

Hepsi yazı yazarken hizmetçi odaya geldi.

Son travail du matin était terminé, elle rentrait donc chez elle.

Sabahki işi bitmişti, bu yüzden eve gidiyordu.

Les trois écrivains hochèrent d'abord la tête, sans lever les yeux.

Üç yazar önce başlarını sallayıp onayladılar, başlarını kaldırmadılar.

Mais la bonne ne semblait pas encore vouloir partir.

Ama hizmetçi henüz ayrılmak istemiyor gibiydi.

Elle attendit un peu, jusqu'à ce que les trois écrivains lèvent les yeux.

Üç yazar da başlarını kaldırıncaya kadar biraz bekledi.

« Eh bien ? » demanda M. Samsa, en colère, comme l'étaient les autres.

"Peki ya?" diye sordu Bay Samsa, diğerleri gibi öfkeyle.

La bonne se tenait sur le seuil, un sourire aux lèvres.

Hizmetçi, yüzünde bir gülümsemeyle kapı aralığında duruyordu.

Elle donnait l'impression d'avoir de bonnes nouvelles à annoncer.

İyi haberler verecekmiş gibi bir izlenim bıraktı.

Mais elle n'allait pas partager la nouvelle à moins qu'on ne le lui demande.

Ama kendisine sorulmadıkça haberi paylaşmayacaktı.

La plume d'autruche dressée sur son chapeau oscillait légèrement.

Şapkasındaki dik duran devekuşu tüyü hafifçe sallanıyordu.

Cette plume d'autruche avait toujours agacé M. Samsa.

O devekuşu tüyü Bay Samsa'yı hep rahatsız etmişti.

« Alors, que voulez-vous ? » demanda Mme Samsa, d'un ton ferme.

"Öyleyse ne istiyorsunuz?" diye sordu Bayan Samsa kararlı bir şekilde.

La bonne avait encore beaucoup de respect pour Mme Samsa.

Hizmetçi, Bayan Samsa'ya hâlâ büyük saygı duyuyordu.

« Oui », répondit-elle, et elle éclata d'un rire amical.

"Evet," diye yanıtladı ve neşeli bir kahkaha attı.

Un instant, son rire l'empêcha de parler.

Bir an için kahkahası konuşmasını engelledi.

« Tu n'as pas à t'inquiéter pour ce qui se passe chez le voisin. »

"Yan komşudaki şey için endişelenmenize gerek yok."

« J'ai déjà prévu comment nous allons nous en débarrasser. »

"Ondan nasıl kurtulacağımız konusunda zaten gerekli düzenlemeleri yaptım."

Mme Samsa et Grete continuèrent à écrire leurs lettres.

Bayan Samsa ve Grete mektuplarını yazmaya devam ettiler.

Mais M. Samsa remarqua que la bonne n'avait pas encore terminé.

Ancak Bay Samsa, hizmetçinin henüz işini bitirmediğini fark etti.

Elle voulait maintenant tout décrire plus en détail.

Şimdi her şeyi daha ayrıntılı bir şekilde anlatmak istedi.

Mais il tendit la main pour repousser ses avances.

Ama o, kadının çabalarını reddetmek için elini uzattı.

Elle s'est rendu compte qu'ils n'étaient pas intéressés par ses projets.

Onların onun planlarıyla ilgilenmediklerini anladı.

Et puis elle se souvint de la grande précipitation dans laquelle elle avait été.

Sonra da ne kadar acele ettiğini hatırladı.

« Ciao alors », dit-elle, insultée par ce manque d'intérêt.

"O zaman hoşça kal," dedi, ilgisizlikten rahatsız olmuş bir şekilde.

Mais avant de partir, elle a claqué la porte très fort.

Ama gitmeden önce kapıyı çok sert bir şekilde çarptı.

« Elle sera licenciée ce soir », a déclaré M. Samsa.

"Akşam işten çıkarılacak," dedi Bay Samsa.

Mais sa femme et sa fille étaient trop occupées pour lui répondre.

Ama karısı ve kızı ona cevap veremeyecek kadar meşguldü.

Parce que la bonne avait troublé leur paix nouvellement acquise.

Çünkü hizmetçi, yeni kazandıkları huzuru bozmuştu.

La mère et la fille se levèrent pour aller à la fenêtre.

Anne ve kızı pencereye gitmek için ayağa kalktılar.

Et, enlacés, ils restèrent là.

Ve birbirlerine sarılarak orada öylece kaldılar.

M. Samsa se tourna sur sa chaise pour les regarder.

Bay Samsa, onlara bakmak için sandalyesinde döndü.

Et pendant un moment, il les observa en silence, immobiles là.

Bir süre sessizce orada duranları izledi.

Finalement, il leur cria : « Viendrez-vous à moi ? »

Sonunda onlara seslendi: "Bana gelecek misiniz?"

«Oublions tout ça, d'accord ?»

"Şu eski şeyleri bir kenara bırakalım artık, olur mu?"

«Viens à moi et accorde-moi un peu d'attention.»

"Bana gel ve biraz dikkatini bana ver."

Les deux femmes firent ce qu'il leur avait dit et se précipitèrent vers lui.

İki kadın da onun dediğini yaptı ve yanına koştular.

Ils lui ont fait une accolade affectueuse et l'ont embrassé.

Ona sevgiyle sarıldılar ve öptüler.

Ils retournèrent rapidement pour terminer la rédaction de leurs lettres.

Mektuplarını yazmayı bitirmek için hızla geri döndüler.

Puis, tous les trois, ils quittèrent l'appartement ensemble.

Ardından üçü birden daireden ayrıldılar.

Ils n'étaient pas sortis ensemble depuis des mois.

Aylardır birlikte evden dışarı çıkmamışlardı.

Et ils prirent le tramway jusqu'à la périphérie de la ville.

Ve tramvaya binerek şehrin dışına gittiler.

Ils avaient toute la rame du tramway pour eux seuls.

Tramvayın tüm vagonu onlara aitti.

La lumière du soleil inondait la pièce par la fenêtre.
Dışarıdan pencereden içeriye bolca güneş ışığı giriyordu.
La famille se cala confortablement dans ses sièges.
Aile üyeleri koltuklarına rahatça yaslandılar.
Et ils ont discuté de leurs perspectives d'avenir.
Ve geleceklerine dair beklentileri tartıştılar.
À y regarder de plus près, leurs perspectives n'étaient pas mauvaises.
Daha yakından incelendiğinde, gelecek beklentilerinin hiç de fena olmadığı anlaşıldı.
Tous les trois occupaient des emplois qui leur permettraient de gagner davantage.
Üçünün de daha fazla kazanma potansiyeli olan işleri vardı.
Ils ne s'étaient jamais interrogés l'un sur l'autre concernant leur travail.
Birbirlerine işleri hakkında hiç soru sormamışlardı.
Mais maintenant, ils avaient enfin le temps de discuter de ces choses-là.
Ama şimdi nihayet bu konuları görüşmek için vakit bulmuşlardı.
Ils avaient également la possibilité de déménager dans un appartement plus petit.
Daha küçük bir daireye taşınma seçeneğine de sahiplerdi.
Cela aurait le plus grand impact sur leur vie.
Bu, onların hayatları üzerinde en büyük etkiyi yaratacak olan şey olurdu.
Leur appartement actuel avait été choisi par Gregor.
Şu anki dairelerini Gregor seçmişti.
Mais maintenant, ils pourraient déménager dans un endroit plus abordable.
Ama şimdi daha uygun fiyatlı bir yere taşınabilirlerdi.
Un appartement plus petit, mais dans un endroit plus pratique.
Daha küçük bir daire, ama daha kullanışlı bir yer.
Parler de l'avenir a redonné vie à Grete.
Gelecek hakkında konuşmak Grete'yi yeniden daha neşeli hale getirdi.

Monsieur et Madame Samsa ont également remarqué d'autres changements chez elle.

Bay ve Bayan Samsa, kızlarında başka değişiklikler de fark ettiler.

Ses joues étaient devenues pâles à cause de tous ses soucis.

Endişelerinden dolayı yanakları bembeyaz olmuştu.

Mais à présent, leur fille s'épanouissait et devenait une femme remarquable.

Ama şimdi kızları güzel bir hanımefendiye dönüşüyordu.

C'était vraiment une belle et jolie jeune femme, maintenant.

Artık gerçekten de güzel yapılı ve zarif bir genç kadındı.

Ses parents se turent et admirèrent leur fille.

Anne ve babası sessizleşti ve kızlarına hayranlıkla baktılar.

Ils échangèrent un regard, communiquant inconsciemment.

Birbirlerine bakıştılar, bilinçsizce iletişim kuruyorlardı.

« Il sera bientôt temps de lui trouver un homme bien. »

"Yakında onun için iyi bir adam bulma zamanı gelecek."

Le tramway était arrivé à destination et avait ralenti.

Tramvay varış noktasına ulaşmış ve yavaşlamıştı.

Leur fille semblait confirmer leurs nouveaux rêves.

Kızları, onların yeni hayallerini doğrular gibiydi.

Elle fut la première à se lever et à étirer son jeune corps.

Ayağa kalkıp genç bedenini geren ilk kişi o oldu.